Timo Probst
Grasflecken

BoD

Über das Buch

Das Leben hinterlässt Grasflecken auf der Seele. Die Helden und Heldinnen in Timo Probsts Erzählungen versuchen, sich dieser Grasflecken anzunehmen und gehen dabei den wichtigen Fragen im Leben auf den Grund: Wer bin ich? Wie ist mir das passiert? Warum führe ich dieses Leben? Wen liebe ich? Was will ich hier überhaupt? Ironisch-humorvoll, melancholisch und gnadenlos ehrlich - Geschichten vom Leben, Geschichten zum Überleben.

Über den Autor

Timo Probst, der 1987 in Mannheim geboren ist, arbeitet als freier Autor und Journalist, Texter und Korrektor. Im Sommer 2013 veröffentlichte er seinen autobiografischen Gedichtband "Tanzen Ohne Zu Sehen" und nahm an diversen literarischen Wettbewerben teil. "Grasflecken" ist sein erstes belletristisches Werk. Derzeit lebt und schreibt er bewusst ohne festen Wohnsitz abwechselnd in verschiedenen deutschen Städten. In seinem Online-Tagebuch berichtet er von seinen Erlebnissen und arbeitet an einem neuen Buchprojekt.

Seine Adresse im Internet: www.timoprobst.de

TIMO PROBST

Grasflecken

Acht Erzählungen

Bibliografische Information der Deutschen Nationalbibliothek: Die Deutsche Nationalbibliothek verzeichnet diese Publikation in der Deutschen Nationalbibliografie; detaillierte bibliografische Daten sind im Internet über www.dnb.de abrufbar.

© 2013 Timo Probst
Herstellung und Verlag: BoD – Books on Demand Norderstedt
Lektorat und Korrektorat: Verena Knapp, Stuttgart
Umschlaggestaltung: Alter Ego, Heidelberg
Satz: Lisa Wenz, Köln

ISBN 978-3-7322-9141-0

Inhalt

VORWORT
7

SCHIFFBRUCH MIT UNVERSEHRTEN
13

GRETA
47

HERR STOLLEN
51

GRASFLECKEN
63

DER SCHWAN
77

ALWIN WILL NICHTS MEHR
83

DER SOHN
97

BLÜTENSTAUB
113

ANHANG
121

Vorwort

"Aus dir wird nie etwas Ordentliches!", hat man mir mal gesagt.

    Natürlich stellt man sich als junger Mensch auf seine Hinterläufe, wenn man ein solches Urteil an den Kopf geworfen bekommt. Etwas Ordentliches. Was war das denn? Bankier? Bauarbeiter? Frisör? Busfahrer? Bundeskanzler? Ich entschied mich dafür, auf die Suche nach etwas ordentlichem zu gehen.

    Meine Feldversuche beschreibe ich Ihnen lediglich in Berufsgruppen, denn die Ausarbeitung würde die folgenden fabelhaften Kurzgeschichten zum Anhang einer Enzyklopädie verkommen lassen:

    Tierarzthelfer, Altenpfleger, Anzeigenverkäufer, Frisör, Bürokaufmann, Personalkaufmann, Veranstaltungskaufmann, Verkäufer, Kellner, Assistent, Designer. Was war davon ordentlich, was nicht? Überall fand ich frustrierte Menschen, aggressive Vorgesetzte, unverschämte Zeitgenossen und Tätigkeiten, deren Sinn sich mir partout nicht erschloss. Nicht ausschließlich, versteht sich. Aber ich versichere Ihnen, ich gab überall mein Bestes, in dem mir möglichen Umfang.

Was mich aber daran hinderte, diese vermeintlich ordentlichen Arbeitswege weiter zu verfolgen, war das Wort. Immer wieder suppte der Drang an die Oberfläche, dem geschriebenen Wort Raum zu verschaffen.

Egal, welchen noch so konventionellen Weg ich einschlug, am Ende eines Arbeitstages saß ich schreibender Weise vor dem Rechner und entlud alles, was sich in mir angestaut hatte: Frust, Lust, Ärger, Spaß, Wut, Freude, Liebe und Hass. Meinungen tat ich schreibend in aller Öffentlichkeit kund und schämte mich keiner einzigen Silbe. So entwickelte sich über die Jahre hinweg eine Schreibsucht, die für mich so wichtig geworden ist wie das Atmen. Es gibt für mich keinen anderen Weg. Ich schreibe.

Sie halten nun acht Ergebnisse dieser Schreiblust in den Händen. Es sind meine Kinder, behandeln Sie sie gut! Acht Erzählungen vom Leben. Acht Geschichten zum Überleben.

Denn was ist das denn, dieses Leben? Und wie geht es? Und was macht man, wenn es fies wird, das Leben? Wie schützt man sich vor all dem Unfug da draußen? Die Protagonisten in diesem Buch gehen diesen Fragen auf den Grund. Treffen Sie verletzte Menschen mit Galgenhumor. Paare, die sich auch im Alter noch festhalten können und wollen. Tollpatschige Geschöpfe, die sich tapfer dem Leben entgegen stellen. Und vor allem treffen Sie Menschen, die die Grasflecken auf ihrer Seele mit sich herumtragen.

Einige waschen sie ab, andere haben sie erst er-halten und werden sie nicht los. In allen steckt ein Teil von mir. Und von Ihnen.

Lesen Sie dieses Buch in einem Rutsch durch oder genießen Sie jede Story einzeln, wie bei einer Schachtel Pralinen. Lesen Sie quer. Lesen Sie von hinten nach vorne oder umgekehrt. Picken Sie sich die Geschichte, die Ihnen vom Titel her am besten gefällt und lesen Sie sie zuerst. Oder zuletzt. Ich schenke Ihnen die Freiheit, dieses Buch so zu handhaben, wie Sie möchten.

Aber versprechen Sie mir eines: Wenn Sie alles gelesen haben, lesen Sie es nochmal!

Timo Probst
Köln, in Dezember 2013

Alle in diesem Buch geschilderten Handlungen und Personen sind frei erfunden. Ähnlichkeiten mit lebenden oder verstorbenen Personen sind rein zufällig und nicht beabsichtigt.

Schiffbruch mit Unversehrten

"Was, wenn ich die blöde Welt
aber gar nicht sehen will?"

„Wie auf einer Toilette für Kleinwüchsige ist das hier", dachte er, als er sich die Nase schnäuzte. Was für ein unangenehmer Abend das wieder war. Was für ein unangenehmes Klischee er darstellte. Weinend auf einer Toilette. Aber nicht auf irgendeiner Toilette, nein, zu allem Überdruss saß er heulend auf einer lächerlich winzigen Toilette irgendwo auf dem Meer. Die Toilette saugte, zischte, gluckerte beim Spülen und war vor allem auf einem schwimmenden Gefängnis montiert. Einem wir-sind-alle-so-happy-Kreuzfahrtschiff. Es war sein achtundzwanzigster Geburtstag. Sie schwammen mit dem hysterisch bunten Kahn irgendwo zwischen Marseille und Barcelona im albernen Mittelmeer, das scheinheilig blau am Tag und sehr einladend schwarz in der Nacht war. Tagsüber, wenn die Sonne vom Himmel brannte, dümpelten die Passagiere in einem runden Pool vor sich hin. Bloß nicht bewegen. Drumherum schätzungsweise zwölftausend schreiende Kinder mit wasserfestem Erlebnis-Make-Up. Erlebnis-Make-Up, so konnte man auch den Großteil dessen nennen, was ihm von den Gesichtern der weiblichen Mitreisenden entgegen sprang. Fest eingenäht in strapaziert wirkende Bikinis, lagen sie regungslos auf Liegen in der Sonne oder im Schatten. Und wenn sie sich aufraffen konnten, standen sie breitbeinig auf Deck und schrien sich die Lungen aus den voluminösen Leibern, um ihre Kinder in all dem Gewusel wiederzufinden. Tagtäglich taumelte er über das Pooldeck, den Lärm wie eine stinkende Wolldecke aus dem Altersheim um sich gewickelt. Ein Gewehr herbei sehnend. Ein richtig großes.

Im Restaurant nebenan saß ein Mann. Ein Mann, wegen dem er schon zu Beginn der Reise, in der ersten Nacht, das Bedürfnis gehabt hatte, tot umzufallen vor Idiotie und Langeweile. Sein Mann. Also, er war nicht verheiratet mit ihm. Das wäre ja noch schöner! Aber er war sein fester Partnermensch. Der Partner eben. Wegen ihm hatte er versucht, sich mit seinem Sicherheitsrasierer die verdammten Pulsadern aufzuschneiden. Aber die waren zu windig gewesen, diese Adern. Oder er war zu dämlich gewesen, wer kann sich schon mit einem Sicherheitsrasierer umbringen? Der Partnermensch und er hatten sich in der ersten Nacht gegenseitig demonstriert, wie es um ihre Beziehung bestellt war, indem sie sich so gehörig über das Kabinenbett geprügelt hatten, dass er dem Partner am Ende nur noch in purer Verzweiflung Wasser über den Kopf hatte gießen können. Wasser aus einer dieser kleinen harmlosen Plastikflaschen. Die gaben letztlich ganz gute Waffen ab.

Schon der Name des Partners strotze vor Langeweile, weswegen er hier nicht weiter genannt sein soll. Als er den Namen zum ersten Mal gehört hatte, damals, "als noch alles gut war", da hatte er schon gähnen müssen. Aus Gründen hatte er sich trotzdem mit ihm getroffen und war wie ein billiger Alice-im-Wunderland-Abklatsch in einen stinkenden Karnickelbau gefallen. Aber wahrscheinlich war der Partner auch nur wegen dieses Namens so ein unverhohlener Idiot. Ein Lebemann nach außen. Freunde, Freunde und noch mehr Freunde, mit denen alberne Grillpartys und Kaffeenachmittage abgehalten wurden und er, der sich immer gezwungen fühlte, dem ganzen Kram beizuwohnen. Dann hörte er sich Geschichten an von den Gästen, den Freunden. Die redeten wirres Zeug über Urlaube und Erlebnisse auf Partys und über ovale Esstische, neue Frisuren und Weißt-du-schon-wer-mit-wem. Er fühlte jedes Mal, wenn so eine Gesellschaft aufeinander traf, wie sein Hirn panisch zu zucken begann. Nach seinen Koffern suchte es, das kleine arme Hirn, es wollte fliehen, in seine Moleküle zerspringen; aber es musste da durch, genauso wie er. Denn er war ja dummerweise in diesen Partner verliebt.

Diesen Partner, der nun zwei Meter hinter der Plastikwand saß und ihn auf eines der Extra-Restaurants auf dem Spaßschiff zu einem romantischen Candle-Light-Dinner eingeladen hatte. Der nichts besseres zu tun hatte, als ihm eine ausgewachsene Beziehungsdiskussion zum Geburtstag zu schenken. Zwischen Hauptgang und Dessert. Bei französischem Wein, immer gab es bei ihm französischen Wein. Rotwein, versteht sich.

Schon diesem Urlaub zugestimmt zu haben, war die reinste Selbstkasteiung gewesen. Kreuzfahrt. Sieben Tage Mittelmeer. Das hieß RTL2-Publikum, Rentner und viele blöde Animateure. Alle immer total gut drauf, nur er nie.

Von Mallorca aus waren sie gestartet und hatten getanzt am ersten Abend, sich gestritten in der ersten Nacht und dann wie zwei aneinander gekettete Strafgefangene den ganz normalen Urlaubswahnsinn gespielt. Seetag. Dinner. Show. Party. Schwankendes Schiff, laue Brise. Neapel. Rom. Stickige Höllenorte. Zu warm im August, mit all den schnaufenden Touristen. Sie waren zusammen in einem offenen Bus durch das schmerzhaft laute Neapel gefahren, wo er nicht gewusst hatte, ob ihm vom Lärm, von der Hitze oder seinem blanken Dasein schlecht war.

Sie hatten sich gemeinsam in Rom auf der Spanischen Treppe den Hintern verbrannt. Sind dicken Touristinnen mit schillernden Digitalkameras um den Hals am Trevi-Brunnen - der sah im Fernsehen übrigens größer aus - durchs Bild gelaufen. Dann waren die Busse gekommen und hatten die transpirierende Meute wieder aufs Schiff transportiert. Wie Tiere, ein Tiertransport, nur mit hübscheren Sandalen und hübscheren Socken in den Sandalen.

Auf dem Kahn dann wieder Dinner, gute Laune und neue Menschen kennenlernen. Er jedoch: immer die Karaffe mit dem Tischwein im Auge behaltend, in die er am liebsten einen Strohhalm gesteckt hätte, um sie in einem Zug auszutrinken.

Dann auch noch der Geburtstag. Reinfeiern, von wegen. Was denn auch feiern? Der Partner war früh zu Bett gegangen. Er hingegen hatte angestoßen und gefeiert mit einem Mädchen vom Schiff. Einer der wenigen niedlichen Passagierinnen, die so aussahen, als seien sie über jeden NKD-Bikini erhaben. Eine Schönheit, auch von innen. Ein Mädchen, das später eine Freundin werden sollte. Aber wie er dort gestanden hatte, so viel Unglück und so viel Schwermut im Geburtstagsbauch - das bunte Schiff hätte auf der Stelle sinken müssen.
Den Tag hatte er mit dem Partner in Marseille verbracht. Hatte es als schön empfunden. Die Kirche auf dem Berg und die Boote im Hafen, der Fischgestank. Die Galeries LaFayette, die aussahen wie ein Museum aus den 70ern. Viele merkwürdige Menschen, aber im Vergleich zum Schiffsvolk waren sie Himmelsgestalten.
Irgendwann der Bus. Die Ausflüge endeten immer in Bussen mit mürrischen Fahrern, denen man zur Aufheiterung bunte Blumenketten umgehängt hatte und die wie ferngesteuert die zahlende Kundschaft wieder auf den Dampfer schafften. Es war immer alles viel zu warm und die Sonne immer zu heiß. Ein bisschen Herumlungern auf dem Pooldeck, ein bisschen Flanieren durch den opulenten Schiffsbauch.

Am Spa-Bereich vorbei. Heute musste es überall diese Spa-Bereiche geben, wo sich dicke Ehefrauen von einem Vietnamesen eine Packung Schaum auf den pockennarbigen Rücken applizieren ließen. Auf die Kabine dann. Ein kleines, orangefarbenes Loch ohne Fenster und auf dem Bildschirm des Fernsehers ihre beiden Namen. Eine Watsche, jedes Mal.

Zur Feier des Tages dann also dieses Dinner. Beginnend mit Champagner und Häppchen auf dem Achterdeck mit Blick auf den Hafen von Marseille, dessen industrieller Anblick einen nach Valium dürsten ließ. Geplauder mit Lehrerehepaaren und frisch Verliebten. Er hatte den Partner angesehen und das Bedürfnis unterdrückt, sich die Magnum-Champagnerflasche aus den Armen des eifrigen Kellners zu reißen, um sich sofort daran tot zu trinken. Schließlich die Platzierung in dem feinen Restaurant. Mit Aufpreis. Erlesene Kost, wohin das Auge sich erbrechen mochte. So viel Unsinn, so viel Weiß an den Wänden, getoppt von Calla-Blumen in filigranen Vasen. Erst hatte es nur Geplänkel gegeben. Der Mann hatte wichtigtuerisch getan und einen Wein ausgewählt. Besagten französischen Wein, den er viel eher geheiratet hätte, als den Partner-Menschen. Dann waren die Fragen aufgetaucht. Viel mehr waren es Vorwürfe, getarnt als putzige Fragen. Viele Fragen mit dem Buchstaben W hatte der Partner ihm gestellt und er hatte nur das bloße Bedürfnis verspürt, dem Partner die Jakobsmuscheln von seinem Teller in seine zu groß geratenen Nasenlöcher zu drücken. Warum. Wieso. Wer. Wann. Wie. Schließlich war er aufgesprungen und auf der engen Plastiktoilette ausgelaufen.

 Da saß er nun und um ihn herum zweitausend Seelen, die sich vorlogen, glücklich zu sein auf diesem Schiff. Für ihn war es seine ganz persönliche Titanic, nur ohne Leo, und er war nicht Kate.
 Also trottete er zurück zum Restaurant und sah durch die Glastüre den Stiernacken des Partners. Noch bevor er bereit war, kam einer der eifrigen Kellner auf die Türe zugesprungen, um sie für ihn zu öffnen. Er trat durch die Tür hindurch, an dem armseligen Kellner vorbei und hätte ihm gerne eine Ohrfeige verpasst, einfach, um jemandem die Schuld an der ganzen Misere zu geben. Aber Schuld hatte nur er selbst.
 Mit der Last dieser suizidbejahenden Erkenntnis ließ er sich auf den Stuhl gegenüber des Partners fallen. Der Partner musste bemerkt haben, dass er nicht fröhlich über die vorangegangene Unterhaltung war und begann mit belanglosem Geplauder. Aber nicht, ohne dabei ein dämliches Grinsen zwischen zwei mopsigen Backen zu inszenieren.
 Er versuchte, in seinem Inneren Plauderlaune zu erzeugen, war aber stets abgelenkt von der Frau am Tisch hinter dem Partner.

Jene Frau sah alterslos aus und doch steinalt. Geliftet, sicherlich. Die Sorgen aus dem Gesicht gebügelt. Wenn es doch wirklich nur so einfach wäre. Einfach hier ein Schnitt, da ein Schnitt, ziehen, zwirbeln und die Augen machen wir gleich mit. Die Frau sieht ja gar nichts vor lauter Lid! Sie sah Madonna ein bisschen ähnlich, und er hatte die Frau noch nie auf dem bunten blöden Schiff gesehen. Wahrscheinlich war sie eine von den Bugkabinenmenschen. Die sah man nie. Die lagen den ganzen Tag in Hängematten herum, auf eigenen kleinen Balkonen über dem Mannschaftspool, der nur ein rundes Wasserloch war.

 Die Bugkabinenmenschen hingen also auf ihren Balkonen wie taube Koalas und tranken Caipirinhas oder Champagner, den ihre persönlichen Dienerschaben ihnen direkt an den Mund reichten. Wie gerne hätte er getauscht. Für einen Tag nur. Abgeschottet sein im Abgeschottetsein. Ein unerreichter Traum in etwas, das andere schon als Traum beschrieben hätten. Fernab der dicken und hässlichen Passagiere, die ihre Leiber überall hinlegten, hinsetzten, herumatmeten, tranken, rauchten und fraßen. Einfach nur irgendwo hängen und vor sich hin existieren. Das wäre Urlaub gewesen für ihn.

 Den Urlaub, den er erlebte, wünschte er seinem ärgsten Feind nicht. Aber Feinde hatte er nicht viele. Nur einen. Und das war zu allem Überdruss auch noch der Mensch ihm gegenüber, den er liebte.

Das Dinner wurde beendet, die Gäste stürzten motiviert aus der Glastür. Hinaus in die klebrige Mittelmeernacht. Was erleben, die nächste Bar aufsuchen, den günstigen Alkohol ordern und schütten und schütten und schütten, um ihr Pauschaltouristentum zu ertränken, um sich vorstellen zu können, sie seien auf einer noblen Segelfahrt.

Auch er stürzte hinter seinem Partnermenschen her. Mit Schrecken blickte er auf die Uhr über den Aufzügen in dem niedlichen, großzügigen Treppenhaus, das in Rottönen aussah, als hätte Pippi Langstrumpf zur Innenarchitektin umgeschult.

Wir müssen die anderen finden, sagte der Partner und er nickte automatisiert.

Andere finden, bitte, ja.

Bitte ein nettes Wort mit anderen Menschen wechseln als mit dir, dachte er.

Rein in den Aufzug, innen Musik, die einen sofort in eine Art Hypnose versetze. Sanftes Geplänkel. Gitarren. Ein bisschen Sade zwischendurch oder Santana. Man war schließlich im Urlaub.

Die Türen des Aufzugs öffneten sich, sie stiegen auf dem Pooldeck aus. Es roch nach kondensiertem Chlorwasser, nach Seeluft und nach Sonnenmilch, die die Passagiere tagsüber auf ihren wabbeligen Körpern verteilten und ab und an auch ein bisschen auf den Boden kleckerten.

Wir sind im Urlaub, wir lassen uns mal so richtig gehen; so ein Zeug sagten sie sich, die

Touristen, schauten ihre Ehefrauen, Ehemänner oder missratenen Kinder an und dachten dann doch nicht weiter darüber nach.

Denn Nachdenken, das löste bei den meisten Menschen eine tiefe Verzweiflung aus. Warum dieses Leben? Warum diese Frau? Was waren das für Kinder, und die wollten immer Geld, Nahrung und elektronisches Spielzeug und warum? Auch er hätte die ganze Kreuzfahrt unter das Motto "Warum" stellen können, nur hätten seine Warum-Fragen jeden zu Tode gelangweilt.

Du hast es doch gut, hatten ihm Freunde zuhause gesagt, du hast doch den Partner, der zeigt dir die Welt. Was, wenn ich die blöde Welt aber gar nicht sehen will, hatte er dann immer gedacht, die Welt kann mir doch auch nicht helfen. Was ist das auch für eine Welt, die bunt ist, immerzu auf dem Mittelmeer im Kreis fährt und so tut als sei jeder einzelne Passagier Christopher Kolumbus.

So trottete er hinter dem Partner her, der vor ihm mit breitem Gang seine FlipFlops hinter sich herzog. Er fühlte sich wie eine gehorsame, verschleierte Frau. Immer hinter dem Mann her, bloß nichts sagen, bloß nicht zu laut, bloß nicht beschweren. Wenn er wenigstens wirklich etwas Burka-ähnliches gehabt hätte, da hätte er sich verstecken können, ab und zu heimlich geraucht oder ein Fischbrötchen gegessen. Sie stiegen unter freiem Himmel an der großen Tribüne - wie kann so eine große Tribüne auf so ein Schiff passen? - die Treppe herunter und stolperten über ein paar Liegen in Richtung Achterdeck.

Das Achterdeck ist meine eigentliche Kabine, dachte er. Da gab es Musik, da war die Schiffsdisco, da wurde jeden Abend neu dekoriert. An diesem Abend alles in Schwarz und Weiß, erstaunlich originell, aber wieder passend zu seiner Verfassung. Da durfte getrunken werden, da durfte getanzt werden. Oft auch mit jemanden von der Crew, denn die armen Maden mussten nicht nur tagsüber den dicken Ehefrauen und Alleinreisenden Yoga beibringen, die mussten sich in der Nacht auch noch die Seele aus dem Leibe tanzen. Mit Ute aus Krefeld und Dagmar aus Limburg-Oberfrohna oder Uschi aus Kassel. Er mochte das Achterdeck, denn dort wurde er angeschaut. Der Partner schaute ihn nicht mehr an. Nur noch, um zu sagen, du hast da was oder was hast du da oder warum schaust du so. Er war attraktiv. Überdurchschnittlich sogar. Hatte schöne Augen, war einigermaßen groß, hatte schönes Haar und einwandfreie Zähne. Jede Zahnarztgattin aus der Perlweiß-Werbung sah alt neben ihm aus. Er bewegte sich elegant in seinem sehnigen Körper. Das war wegen des jahrelang betriebenen Pilates. Obwohl er nicht wirklich wusste, warum er das überhaupt machte.

Sie bogen um die Ecke und flanierten an der Bar des Achterdecks entlang. Er spürte sofort die Blicke der anderen Menschen auf sich, die neben ihren Utes und Horsts und Uschis auf maritimen

Korbsesseln saßen und an ihrem Bier oder Prosecco nippten.

Hier sind die nicht, sagte der Partnermensch und er nickte wieder automatisiert.

Ich möchte etwas trinken, brachte er mit großer Mühe hervor, aber der Mann machte keinerlei Anstalten, sich zur Bar zu bewegen. Also tat er es selbst. Bestellte zwei Bier.

Warum trinke ich an meinem Geburtstag Bier, dachte er und orderte noch eine Packung Zigaretten dazu. Betrinken, benebeln, ein weiteres Motto der Reise für ihn. Er kehrte zu dem Platz zurück, wo der Partner gestanden hatte. Der saß mittlerweile auf einem maritimen Korbsessel und starrte das Wasser an, wo das Schiff unermüdlich helle Spuren im dunklen Schwarz hinterließ. Einfach da reinfallen, dachte er, vom Schiffsantrieb in feine Häppchen geschnitten werden und Happy End.

Er drückte dem Partner das Bier in die Hand und ließ sich neben ihn auf einen weiteren maritimen Korbsessel fallen. Diese Sessel sagten: Seht her, ihr seid auf hoher See. Hohe See, was für ein Quatsch. In der Ferne sah man schätzungsweise fünfzig andere Kreuzfahrtschiffe herumschleichen, In der Schwärze der Nacht nicht auszumachen, ob sie auf dem Wasser oder im Himmel schwammen.

Neben ihm redete der Mann sinnloses Zeug, und er fing seinen Blick wieder ein und kehrte damit auf das Schiff zurück. Die Menschen an den Tischen, die bei der Reling standen, waren alle in sommerlichen

Kaftan gehüllt. Leinenhosen, Spaghettitops, Röckchen und Bermudas, wo das Auge hinreichte. Die Haare gegelt, gestriegelt, gelockt, gewellt, geglättet, und wäre die Seeluft nicht gewesen, man wäre erstickt am Dunst aus achthundert unterschiedlichen Parfums.
Mal sehen, ob die anderen hier zufällig vorbeikommen, sagte der Partner neben ihm und er dachte wieder, oh ja, bitte Andere, kommt vorbei, nehmt mich mit auf eure Kabine, ich mache auch alles, was ihr wollt.

Er sah auf seine Armbanduhr. Kurz vor Zwölf. Der Geburtstag, fast vorbei. Heureka.
Mein Geburtstag ist ohnehin gleich vorbei, sagte er zu seinem Partner, und der überprüfte dies sogleich auf seiner eigenen Armbanduhr.

Das war auch so eine typische Partner-Eigenschaft. Alles, was er sagte oder je gesagt hatte, wurde überprüft, untersucht und auf seine Genauigkeit bestimmt. Und wehe, er hatte etwas Falsches gesagt, dann hatte er den Salat.
Stimmt, sagte der Partner, lass uns doch zu Bett gehen. Ein kalter Schauer jagte ihm über den Rücken. Bett, das bedeutete sofort in die kleine Kabine. In die orangefarbene Kabine, waschen im orangefarbenen Bad und hinlegen im orangefarbenen Bett, neben den orangefarbenen Partner und gefälligst zufrieden einschlafen. Doch da runterspringen, dachte er kurz und begutachtete wieder den Strudel, den die Schiffsturbinen im düsteren Mittelmeer erzeugten. Nein, lass uns noch etwas trinken, sagte er zum

orangefarbenen Partner. Das war er wirklich. Schillernd orange. Er bekam nie eine angenehme Bräune wie andere Menschen, die dann sexy wirkten und anziehend, er wurde einfach nur orange. Doch der Partnermensch ließ sich nicht beirren.

Die anderen scheinen nicht hier zu sein, sagte der.

Ach was, dachte er. Was meint der denn? Wir sind auf einem Schiff, guten Tag! Wo sollen sie denn sein? Die werden sich sicherlich keines der Rettungsboote genommen haben, um eine romantische Ausfahrt zu machen und zu vögeln, zwischen den vielen Schiffen da draußen, irgendwo im Nirgendwo.

Komm, lass uns ins Bett gehen. Und schon stand der orangefarbene Mann auf.

Er seufzte. Bett. Sehr witzig. Monatelang hatten sie schon nicht mehr miteinander geschlafen. Er durfte ihm höchstens den Bauch streicheln. Da hatte man bei der Fläche schon zu tun, aber schön war's nicht. Eigentlich hätte er auch einen Schinken betatschen können, der hätte wahrscheinlich euphorischer reagiert.

Also schlurften sie in den Schiffsbauch. Stiegen die Metallstufen hinab, die mit dickem Teppich ausgelegt waren. Orangefarben, versteht sich. Die Flure orangefarben. Aus den Lautsprechen plätscherte ein Musikstück von Céline Dion. War ja klar. Sollte er je auf Céline Dion treffen, schwor er sich, er würde ihr mit Anlauf einen Zahn aus dem Mund schlagen.

Theoretisch. Er war jetzt nicht unbedingt der Schlägertyp. Man musste ihn nur kräftig anhauchen und er lag auf dem Boden. Mit einem lauten Klacken öffnete sich die Kabinentür. In seinem Kopf spielte unwillkürlich die Titelmelodie der Halloween-Filme. Er glitt hinter dem Partner in den beengten Raum und hinter ihnen fiel die Tür mit viel Effekt ins Schloss.

-

Dann eben Barcelona, dachte er und starrte gegen das Sonnenlicht, das ihn doch nicht blind machen wollte. Das Schlimme war - das war ihm in der Nacht zuvor im Schlaf bewusst geworden - dass er keine dieser Städte je wieder besuchen würde können ohne sich hemmungslos übergeben zu müssen.

Drei Anläufe hatte er am Morgen gebraucht, um das orangefarbene Bett zu verlassen, und nur der Adrenalinschub aus Wut, den ihm das Gerede des Kapitäns verpasste, als der eine Ansprache durch die Kabinenlautsprecher hielt, hatte ihn aufschnellen lassen. Während der Partner unter der Dusche gestanden hatte, hatte er sich überlegt, wie schnell wohl alles in Flammen aufgehen würde, würde er nur den Mut aufbringen, den orangefarbenen Teppich anzuzünden.

Aber dann hatte er daran gedacht, dass er auch nicht so mir-nichts-dir-nichts vom Schiff konnte im Brandfalle. Wohin denn auch, und wasserscheu war er noch dazu.

Beim Frühstück hatte er dem Partner beim Essen zugesehen. Modell hungriger Mutantenbiber.

Schaufeln was das Zeug hält und alles anknabbern, und am besten noch mit vielen widerlichen Geräuschen. Als der Partner in eine Scheibe Knäckebrot gebissen hatte, fühlte er, wie sich seine Hirnhaut zusammenzog. Alkohol, hatte er gedacht, gibt's hier nicht morgens schon Alkohol? Aber dann hatte er nur den bemitleidenswerten Kaffee getrunken, sich innerlich zusammengerollt und in den Tag geworfen, wie man eine Feder in den Wind wirft.

Heute mussten sie mit keinem Bus fahren, Barcelona liegt am Meer, das weiß doch jeder. Wie eine große Wiese aus alten Gebäuden und Hochhäusern und Bäumen erstreckte sich die Stadt vor ihm. Sah ein bisschen aus wie Erbrochenes, dachte er. Aber er war derzeit ohnehin nur zu wenig euphorischen Gedanken fähig. Um ihn herum hielten die anderen Menschen eine Jubelparade ab, hurra, Barcelona. Als sie von Schiff gingen, schnappte er sich einen der Stadtpläne und besprach mit dem Partner, wohin sie gehen sollten.

Auf einem Stadtplan unserer Liebe wären nur schwarze Flecken zu sehen, dachte er.

Der Partner wollte in die eine Richtung, er in die andere. So schlurften sie gemeinsam drauf los.

Die Sonne machte einen Proletenzirkus am Himmel, man hörte sie fast ächzen vor Anstrengung. Er war kein Freund großer Hitze. Der Schweiß rann ihm in Strömen den Rücken herunter, und davon bekam er noch schlechtere Laune. Wobei, schlechtere Laune, das ging fast gar nicht mehr.

Mach mal ein Foto von mir, rülpste der Partner neben ihm und er erschrak, so sehr war er in seinen kloakendunklen Gedanken vertieft gewesen.

Ohne, dass er es bemerkt hatte, hatten sie schon ein gutes Stück zurück gelegt, waren durch eine Seitenstraße getrottet und standen vor einem angeberischen Brunnen auf einem angeberischen Platz. Er drehte sich um und sah am Ende der Seitenstraße Las Ramblas, die affige Touristenstraße. Er drehte sich wieder um. Es sah aus, wie in einem dieser Filme, wo nachts eine blonde Schönheit in einem brillantenbesetzten Abendkleid in den Brunnen steigt und einem Mann alberne Tänze vorführt und dann urplötzlich ertrinkt oder vom Mann erwürgt wird, weil der auch gerne so ein Kleid gehabt hätte. Oder so, wie das eben immer war in albernen Filmen. Da war aber keine traurige Frau im Abendkleid, nur der Partner, der ihm die Kamera in seine schwitzigen Hände drückte und sich, seiner Meinung nach, ansehnlich am Brunnenrand drapierte. Ein Tritt in seinen Bauch und dann rennen, dachte er, holte Luft, lächelte und schoss ein Foto. Seinen Kopf schnitt er ab, es war nur zu seinem Besten. Wozu wollte der auch ein Foto von sich? Diese Fotografiererei immer. Neben ihm pinkelte ein Pudel an eine Palme. Er schoss ein Foto.

Der Partner kam angewackelt, jetzt eines von dir und er setzte sich missmutig an den Brunnenrand. Mit Schwung nach hinten kippen, dachte er kurz, stütze sich dann ab und lächelte in die Kamera.

Dann eben Barcelona, dachte er, und sie gingen weiter. Kamen vorbei an niedlichen Läden, und er malte sich aus, was wäre wenn er einfach rennen würde jetzt. Drauf los rennen und sich hinter irgendeiner Arkade verstecken oder in einem der Milliarden Innenhöfe und warten und warten, bis das Schiff mitsamt dem Partner am unermüdlichen Horizont verschwunden wäre und dann ein neues Leben in Barcelona. Ein kleines Lädchen, in dem er kleine Plastikfiguren und unter der Ladentheke heiße Übernachtungstipps verkaufen würde. Den Mut dazu würde er niemals aufbringen. Mach mal ein Foto, holte ihn die Stimme des Partner aus seiner gescheiterten Neuexistenz in die Gegenwart zurück.
Schon wieder ein Foto, meine Güte. Schreien hätte ihm gut getan, aber er war kein Schreihals. Er wusste überhaupt nicht mehr, wer oder was er war. Also schoss er ein Foto von vertrockneten Fensterläden, die aussahen, als hätten sie viel erlebt.

Viele Stunden krochen sie durch das überhitzte Barcelona. Das Hirn so aufgeheizt, dass er sich schon am nächsten Tag an kaum etwas erinnern würde können. Aber so ging das schon eine Weile. Das Hirn auf Sparflamme. Früher, vor dem Partner, ja, da war er ein geistreicher junger Mann gewesen. Zwar auch schon leicht depressiv, aber in Gesellschaft stets ein Unikum. Was hatte er die Menschen zum Lachen gebracht mit seinem Zynismus, der nun nur noch in seinem Inneren vor sich hin plätscherte. Schön und klug, so hatten die Männer ihn beschrieben, denen er sich hingegeben hatte, und das waren allesamt gute Partien gewesen, wie seine Mutter es ausgedrückt hätte. Anwälte, Ärzte, Manager, Pressesprecher. Er hätte alles sein können. Einige von ihnen hatten ihn aufrichtig geliebt, hatten ihm ganz klassisch Haus, Hof und Hunde versprochen. Aber er war immer der Meinung gewesen, es gäbe noch etwas Besseres für ihn. Jemanden, bei dem er sich so richtig fallen lassen würde.

Dieser Jemand war aber nie erschienen. Dafür war der Partner erschienen. Auf einer Datingplattform im Internet. Er, der geistreiche Schöne, hatte den Partner in seinen Bann gezogen. Mit seinen klugen Nachrichten und seiner Koketterie. Dann hatten sie sich getroffen, an einem lauen Sonntagabend im Juli. Hatten zusammen Caipirinhas getrunken und Bier und geredet und sich durch die Stadt gedrückt. Schon Tags drauf war er bei ihm zum Essen eingeladen gewesen. Pasta mit Shrimps hatte er kredenzt, in einer Wohnung, in der man sich fühlte, als sei man aus Versehen ins Schöner-Wohnen-Magazin gefallen. Viel Weiß, wenig Persönlichkeit. Es hätte ihm ein Warnsignal sein sollen, hatte er später immer wieder gedacht. Aber an Warnsignale war damals nicht zu denken gewesen. Er hatte Hormone gehabt und die hatten alles gegeben. Als hätten sie einen Wettbewerb gewinnen wollen. Er hatte sich aufgedonnert, Witze gemacht, gebuhlt, imponiert, herausgefunden, was der Partner toll fand und eines Tages, auf einem Parkspaziergang, hatte der Partner ihn geküsst und dann war es klar gewesen. Der Partner und er. Bis zu diesem Tag in Barcelona.

    Die Hitze rollte sich wie ein Tsunami über der Stadt aus, während sie vor einem Café saßen und Wasser tranken.
Barcelona ist schön, oder, sagte der Partner.
Er fühlte nichts. Da war nichts Schönes. Das Wasser war nicht übel. Kleine Wasserflasche, komm, lass uns den Rest des Lebens in einem Kühlregal in Barcelona verbringen, aber er musste aufhören, sich etwas zusammen zu spinnen.
    Mir ist heiß, jaulte er auf und wies den Partner an, ihn zurück aufs Schiff zu bringen.
    Der Partner schaute nicht sehr erfreut drein. Egal. Er wollte zurück und in einem der Restaurants auf dem Schiff sinnloses Essen in sich hineinstopfen. Je fetter desto besser. Sein Gehirn brauchte einen kohlehydratreichen Dämpfer. Der Partner machte ein Gesicht, als hätte er ihm gerade eröffnet, dass er eigentlich Carmen heiße und aus Chemnitz kommt. Dennoch gab er seinem Wunsch nach. Oh Wunder. Mit einem leichten Gefühl des Triumphs schlenderte er hinter ihm her, dem Hafen entgegen. Vielleicht, vielleicht, werfe ich ihn doch noch ins Hafenbecken, dachte er und kicherte in sich hinein.
    Auf dem Schiff war es totenstill. Sie stürzten in eines der Restaurants und er verschlang achthundert

Stücke fettiger Pizza. Dann gingen sie gen Kabine. Kein Wort. Ein paar eifrige Angestellte saugten den orangefarbenen Teppichboden auf dem Flur und grüßten freundlich. Immer grüßten die freundlich. Auch so ein Leben, überlegte er. Ein bisschen saugen. Ein bisschen Handtücher tauschen. Ein bisschen die Sachen der Passagiere durchstöbern. Ein bisschen darüber lachen. Aber immer lieb grüßen und so tun, als sei man so dämlich wie man aussieht. Diese kleinen Leute, das hatte er schon oft gedacht, die halten sich immer absichtlich klein. Sind sicher einige große Geister dabei. Die wollen aber nicht entdeckt werden. Es gibt ja genug Uschis aus Castrop-Rauxel, die das wollen und immer vorne mit dabei sind.

Er warf mit dem Partner zusammen ihre Ausflugssachen auf das orangefarbene Bett in der Kabine und das Abendprogramm, das an der Türe gehangen war, kommentarlos in den Papierkorb. Eklat. Das Gesicht des Partners verzog sich sehr unansehnlich.

Ich will das lesen, meckerte der, und er wollte wieder nur einfach umfallen.

Lies es eben, sagte er und schob ihm mit dem Fuß den Papierkorb zu.

Ein Vortrag über seine Egozentrik war die Folge, aber er spielte sich innerlich schon wieder Schlaflieder vor. Er warf sich in einen bequemen Jogginganzug und eilte aus der Kabine, wie Phönix. Ein gelangweilter Phönix, zugegeben. Aber immerhin. Er fuhr mit dem Aufzug auf das Pooldeck und staunte nicht schlecht über sich selbst. Einfach so den Partner sitzengelassen. Mit seinem Abendprogramm vor dem orangefarbenen Gesicht. Ein Hauch von Freiheit, wobei er gar nicht mehr wusste, was das nochmal war. Auf dem Pooldeck war nicht viel los. Aber die neu gewonnene Freundin saß in der Ecke an der Bar und trank ein Getränk, das sehr kalt und sehr alkoholisch aussah. Doch er war nicht in Plauderstimmung, sondern winkte nur freundlich und lächelte.

Immer nur lächeln und winken, damit kam man gut durchs Leben. Er stieg die Stufen zum Sonnendeck hinauf, einem höher gelegenen Teil des Schiffes, wo man einen schönen Blick aufs Meer hatte und nicht so viele Kinder. Er zog sich eine Liege direkt an die Reling, den Blick auf das offene Meer, auf der anderen Seite des Schiffes die erbrochene Stadt. Dann legte er sich ab und starrte in die Sonne, bis es weh tat.

Ich gehöre hier nicht hin, dachte er. Damit meinte er nicht nur das Schiff. In erster Linie meinte er den Partner. Der kann dir nicht mal ansatzweise das Wasser reichen, hatte einer seiner Freunde ihm vor kurzem eröffnet. Recht hatte der. Der Partner las nicht. Der Partner sah sich keine Kunst an und wenn, dann redete er so stümperhaft darüber, das man sich fremdschämen musste. Der Partner war nur gut im Reden. Also in der Tätigkeit an sich. Nicht, was den Sinn betraf. Und so liebte jeder den Partnermenschen. Seine Mutter, eine patente Mittsechzigerin mit Hang zu kitschigen Engelputten im Garten, die liebte den

Partner ganz besonders. Der hatte nämlich alles, was so ein Traumschwiegersohn brauchte. Eine Wohnung. Einen Wagen. Einen Anzug. Eine Cremekollektion. Für ihn war das eher, als hätte er den Papst geheiratet. Der hatte auch so einiges und wusste nicht, wie er damit umgehen sollte.

    Über ihm kreisten ein paar Möwen und lachten ihn aus. Lacht ihr nur, dachte er und fiel binnen Sekunden in einen hitzigen Tiefschlaf.

    Irgendetwas wurde auf sein Gesicht gehauen. Davon wurde er wach, fluchte wie ein Kanonenrohr und öffnete die Augen nicht. Bitte. Lasst mich bleiben in diesem Nichts.
Hallo, sagte eine Stimme und ihm wurde übel.
Er öffnete die Augen und der Partner wedelte mit einem Handtuch vor ihm herum.
Na du Schlafmütze, es ist Zeit fürs Abendessen.
Er sah sich um, und die erbrochene Stadt war verschwunden, dafür schlappten und schleppten sich träge Passagiere an seiner Liege vorbei. Die Sonne machte eine Untergangsshow am Horizont. Fehlte nur Free Willy, der wie ein Scherenschnitt durch das Licht sprang. War aber kein Free Willy da. Nur achtzig andere Schiffe. Er schwang sich hoch.
Soll ich jetzt im Jogginganzug zum Scheißdinner, maulte er herum, das Herz schon wieder so schwer. Schwer wie Free Willy. Aber er hatte noch ein wenig Zeit. Er eilte gen Treppenhaus.

Lässt du mich schon wieder stehen, ächzte der Partner hinter ihm her.

In der Kabine warf er sich seinen Abendanzug über. Im orangefarbenen Bad betrachtete er sein Gesicht. Es war nicht seines. Es war irgendein Gesicht, das ihm aus leeren Augen entgegen starrte und sagte, guten Tag, du miserables Menschenkind. Er verzerrte das Gesicht zu einem Grinsen und fürchtete sich beinahe vor sich selbst. Wenn man im Bad dieses Schiffes stand, spürte man immer den Seegang. Ob da einer war oder nicht. Es interessierte ihn brennend, ob nicht vielleicht nur er alleine das spürte, aber heute war keine Zeit für Detektivarbeit dieser Art.

Er trat aus dem Bad. Der Partner lag auf dem Bett wie eine auf den Panzer gelegte Schildkröte und im Bordfernsehen lief die Abendsendung. Eine blöde Kuh grinste den Passagieren entgegen und erzählte etwas von gruseligen Abschlussveranstaltungen. Der letzte Abend an Bord. Er wollte ein kurzes Dankesgebet losschicken, da fiel ihm ein, dass er es mit dem Beten nicht so hatte. Also hakte er sich widerwillig beim Partner ein und lies sich von ihm in den Speisesaal transportieren.

Dem Speisesaal war nicht mehr zu helfen. Er platzte aus allen Nähten. Dicke Bäuche, gehüllt in Polyester oder billige Baumwollhemden. Buffet war angesagt. Buffet. Er ging an den Trögen mit Essen vorbei und fühlte sich elend. Kein Tisch war frei. Aber ein junges Paar winkte von weitem. Die kannte er nicht, wollte sich aber zu ihnen setzen. Der Partner wollte auch. Gott sei Dank. Sie setzten sich. Schüttelten Hände. Hörten Namen, die er augenblicklich wieder vergaß. Die Frau sah aus wie ein Farbnegativ. Haare zu weiß. Zähne zu weiß. Haut zu dunkel. Das Kleid, orangefarben, zu hässlich. Der Mann sah aus wie ein fettes Double von Dieter Bohlen. Er trug ein bedrucktes Shirt, das aussah, als hätte einer drauf gekotzt. Dieter Bohlen hatte einen kleinen Brillanten im linken Ohr stecken. Der wackelte beim Lachen. Das Paar erzählte abgrundtiefen Unsinn. Sie waren zum zwanzigsten Mal auf so einem Schiff. Das war wie sich selbst jedes Jahr in die Geschlossene einweisen, dachte er.

Die sahen auch noch so aus. Zu allem Überdruss. Zuvor hätte er sich kein Paar vorstellen können, das so aussah wie ein Paar, das immer nur auf solche dämlichen Boote geht. Aber die waren das Paradebeispiel mit Pauken und Trompeten.
Irgendwie mochte er die beiden aber, denn die schenkten immer ungefragt Wein nach. Den trank er und war sofort zufrieden. Der Partner war in Höchstform. Der liebte das. So reden mit den Leuten und denen unnütze Sachen erzählen. Denen zeigen, wie toll er stattfinden kann in seinem Leben.

Damals, als sie sich kennengelernt hatten, waren sie in Paris gewesen. Was für ein Kitsch! Sind geflogen, und er war total verängstigt, hatte aus dem Fenster gestarrt und gedacht, was ist, wenn wir jetzt auf Paris drauf fallen. Und als sie ausgestiegen waren am Flughafen Charles-De-Gaulle hatte er nur gedacht, viel Beton dieses Paris.

Wie sie durch die Stadt getigert sind bei frühsommerlicher Hitze, und ihm war das Shirt am Rücken geklebt und er halluzinierte, alles würde prima werden mit diesem Mann.

Wie sie eine Pizza gegessen hatten, in Paris, wie dämlich konnte man sein, eine Pizza mit halbrohem Spiegelei. Er hatte gedacht, er bekäme eine Salmonellenvergiftung, das ist aber zum Glück nie passiert.

Wie sie sich das ganze Zeug angeschaut hatten. Vor dem Eiffelturm war er mit dem Partner gestanden und hatte Panik gehabt wegen der ganzen Menschen. Dennoch war er glücklich gewesen. War mit dem Partner durch Montmartre gestapft und hatte nichts wahrgenommen außer ihm und vieler Menschen. Schön war das gewesen. Aber bald schon war es vorbei gewesen mit der ganzen Schönheit.

Der Partner erzählte dem Farbnegativ und Dieter Bohlen gerade von Paris. Verdammt, dieser Mann hatte wieder einmal Gedanken gelesen. Machte sich aber nur wichtig, der Partner. Das Pärchen hatte ohnehin keine Ahnung von Paris. Saß nur da und schenkte Wein nach und die Frau sah absolut bescheuert aus. Die Hautfarben, die an diesem Tisch stattfanden, machten ihm üble Laune. Kellner kamen und räumten die Karaffen weg. Das hieß, raus, ihr Ratten, geht woanders saufen.

Die Gesellschaft erhob sich also und torkelte Richtung Achterdeck. Immer dieses Achterdeck. Vorher noch kurz bei der Abschlussgala vorbei. Der Theatersaal, vollgepfercht mit Menschen. Er rang nach Luft oder einer Bombe. Klatschten, die Leute. Er konnte Oberarme schwingen sehen, die aussahen wie längst Verstorbenes. Auf der Bühne eine dicke Frau in einem pinken Abendkleid, das traurig aussah. Der ganze Abend erschien ihm, als hätte jemand an seinem inneren Kontrastregler herumgespielt.

Aber er trottete mit. Weiter zum Achterdeck. Da war große Abschlussparty. Mit Sekt am Eingang. Er riss sich zwei Gläser vom Tablett.

Trink nicht so viel, rülpste der Partner neben ihm.

Er trat ihm, natürlich ganz aus Versehen, auf die Füße. In FlipFlops aus Leder steckten die und sahen aus wie gegorener Quark. Die Musik war laut. Er liebte das Lied, das gerade lief, und tanzte. Die Frau kam mit. Die Frau tanzte, als würde sie dringend zur Toilette müssen. In die Hocke ging sie und fuchtelte dämlich mit den Armen. Er hingegen hatte schon immer gut tanzen können. Und immer gerne getanzt. Wenn er tanzte, seine Arme hob, fühlte er sich besonders. Plötzlich kam der Partner von hinten getanzt.

Der Partner konnte auch tanzen. Wie eine Ballettschwuchtel konnte der sein. Wie ein elefantöser Ricky Martin. Das Becken immer am Schwingen, und er wollte ihn doch gar nicht mehr. Aber er tanzte. Dachte, mit einem Tanz wird es vielleicht gut?

Dann kamen die Tänzer des Showensembles. Tiere waren das. Muskeln. Muskeln. Muskeln. Er starrte sie fasziniert an und weinte innerlich, weil er gerne mit denen getanzt hätte. Aber er hatte Angst, zertrampelt zu werden. Das war reine animalische Tobsucht, die da zelebriert wurde. Er war erotisiert. War dann auch gleich wieder vorbei, als er sah, wie der Partner jetzt mit der Frau zusammen Toilettentänze aufführte. Dieter Bohlen zog ihn plötzlich zur Bar.

Wir müssen ein U-Boot trinken, sagte der, und er wollte ihm nur das hässliche Ed-Hardy-Shirt anzünden. Zünden. Rauchen. Er hatte das Rauchen vergessen. Schnell zog er eine Zigarette aus dem Päckchen und inhalierte gierig. Er war immer gerne Raucher gewesen. Viele seiner Freunde und Bekannten rauchten, weil sie was zu tun brauchten. Weil sie sonst gestorben wären vor Langeweile und nichts anfassen können. Er hingegen liebte den Rauch. Liebte das Gefühl, das ihm der Rauch in der Lunge machte und im Mund. Also rauchte er und neben ihm stand Dieter Bohlen, der nicht Dieter Bohlen war und ihm ein gelbes Schnapsglas reichte. Sie stießen an, er trank das Zeug und fand es wunderbar.

Bin ich Alkoholiker, dachte er kurz. Dann fiel er in Ohnmacht und brannte beim Umfallen ein Loch in das Shirt des Mannes. Bevor alles um ihn herum dunkel wurde, bemühte er sich um ein zufriedenes Grinsen.

Er wachte auf und sah. Nichts. Dunkel. Schaltete er eben das Licht an, und neben ihm ging gleich ein Theater los. Er sah auf die Uhr, es war Morgen und in der affigen Kabine wusste man das nie, weil die kein Fenster hatte und nur dunkel war. Dunkel und orange. Mach das Licht aus, spinnst du.

Er wollte dem Partner den Wecker auf den Kopf hauen, aber der Wecker war zu hübsch. Also machte er das Licht wieder aus. Dachte nach, im Dunkeln. Wie er ins Zimmer gekommen war und warum er ausgerechnet wieder neben Partner zum Liegen gekommen war, das konnte er sich nicht erklären. Wollte er auch nicht. Er dachte nach. Ende der Schiffsreise. Eine Woche Mallorca lag noch vor ihm. Eine Woche mit dem Partner alleine. Die Panik kroch ihm aus der Leber direkt ins Gehirn. Er bekam keine Luft. Zählte bis zwanzig, wie er das in der Therapie gelernt hatte. Therapie, ja, er war ein Psychopatient. Saß einmal die Woche bei einer netten Damen in einem netten Zimmerchen und erzählte der Zeug. Vom Partner und von sich. Und die Dame fragte immer nett und nickte und er wollte die immer heiraten, die Dame. Er war immer glücklich, wenn er da raus kam. Half aber alles nix.

Meine Beziehung ist im Arsch, dachte er, als er da lag, in der dunklen Kabine. Ob wir wohl schon im Hafen liegen, dachte er. Schwang sich hoch, schlüpfte in die Pantoffeln und huschte in einer Bewegung aus der Kabine.

Auf dem Flur war mächtig was los. Internationale Kofferversammlung. Alle hatten sie bunte Bändchen dran und er musste zur Rezeption. Nur, wo war die. Wusste er nicht. Also ins Treppenhaus. Er glotze aus dem Bullauge. Sah den Hafen. Sah Passagiere aussteigen. Land. Land. Land. Er freute sich. Sah in der Ferne die Kathedrale La Seu. Er liebte Mallorca, aber eine Woche mit dem Partner auf der Insel sein? Nein. Nein. Nein. Sieben Tage Regenwetter bei strahlendem Sonnenschein. Zu viel.

Wo geht es zur Rezeption, fragte er einen unangenehm dicken Passagier, der schnaufend einen Koffer an ihm vorbei schleifte. Konnte nicht sprechen, der Mensch, deutete nur in eine Richtung. Er ging da lang. An der Rezeption tobte auch die Hölle. Immer tobte die Hölle, wenn was los war und er liebte das. Er schob sich an den dicken Passagieren an die Theke und fragte, bis wann er vom Schiff sein musste.
Zwei Stunden, sagte die Rezeptionistin. Die hatte so ein orangefarbenes Shirt an und er dachte, vorbei mit dem ganzen Orange!

Er rannte los. Zurück zur Kabine. Sprang über die Kofferversammlung, die gerade über heilen abreisepolitischen Themen tagte. Steckte seine Karte in den Türschlitz und hinein. Knipste das Licht an. Der Partner schlief, hatte sich in Decken vergraben. Er zerrte mit voller Hingabe seinen Koffer unter dem Bett hervor. Ein Schöner war das, der Koffer. Hatte schöne

Muster und alles passte hinein. Er öffnete den Schrank und räumte seine Sachen aus dem orangefarbenen Schrank. Mit drei einwandfreien Armbewegungen war alles im Koffer. Er ging ins orangefarbene Bad. Packte alles in seine kleine Badezimmertasche. So ein Werbegeschenkding von einer albernen Firma, die Parfüm herstellte, das einem Übelkeit verursachte. Er warf die Tasche in den Koffer.

Umziehen! Schnell! Er zog seine weißen Leinenhosen aus dem Koffer und kombinierte andere weiße Kleidungsstücke dazu. Glückliche Menschen trugen immer weiße Sachen. Er hatte alles. Mit einem Surren glitt der Reißverschluss des Koffers zu.
Partner, unsere Beziehung ist im Arsch, sagte er. Der Partner hörte nichts. Sagte er es eben nochmal. Partner, du bist der Arsch in unserer Beziehung.
Hörte der immer noch nicht. Er nahm die Wasserflasche vom Nachttisch neben seinem Bett, öffnete sie. Encore, du Hund, dachte er. Nahm einen Schluck aus der Flasche und goss den Rest über den schlafenden Partner.

Der erwachte zum Leben wie einst der Vesuv und fluchte und schrie und versuchte aufzustehen. Er hingegen klemmte sich seine Tasche und den Koffer unter die Gliedmaßen. Öffnete die Kabinentüre und trat hinaus. Die Tür fiel krachend hinter ihm ins Schloss. Drinnen konnte er den Partner toben hören wie einen Pavian. Komm zurück, schrie der und machte sich schon von innen an der Tür zu schaffen. Wieder rannte er los. Hey, schrie es den Gang entlang.

Er sprang mitsamt seinem Koffer über die restlichen Koffertiere, die noch im Flur standen, dämlich aussahen und ihm müde nachsahen. Folgte dem Strom der trägen Passagiere. Die wussten, wo es lang ging. Wie Ratten auf einem sinkenden Schiff. Die Ratten wussten immer, wo es trocken war, instinktiv. Ausgang in Sicht. Innerlich weinte und lachte er gleichzeitig.

    Die Freundin stand da am Ausgang. Er umarmte sie. Neben der Freundin stand das Pärchen. Er umarmte auch die beiden.
Geht's dir besser, fragte die Frau und machte Toilettenbewegungen und fuchtelte mit den Armen. Besser als dir, sagte er, steckte der Freundin seine Nummer zu und sagte, der Partner ist schon draußen. Küsste die Freundin, winkte dem Pärchen, dem blöden. Machte kehrt und sprang weiter.

    Er gab seine Bordkarte bei dem dämlich grinsenden Matrosen ab, oder was der auch immer von Beruf war. Stolperte hinaus. Auf die Gangway. Rannte fast ein paar Menschenwürste um. Die schrien wüste Beschimpfungen. War ihm sowieso egal. Die Sonne brannte. Er zog seine Sonnenbrille aus der Tasche. Er leuchtete. Innerlich vor Glück, äußerlich, weil er so weiß angezogen war. Waren die Menschen um ihn herum auch nicht gewohnt. So nach einer Woche nur Orange. Am Ende der Gangway. Boden unter den Füßen. Stand da der hässliche Bordfotograf. Ein Bild zum Abschied, sagte der. Er lachte auf. Posierte.

Schicken Sie die Datei bitte an diese Emailadresse, ja. Er strahlte den Fotografen an.

Normalerweise machen wir das nicht, sagte der. Er wollte ihn töten, reichte ihm aber nur die Emailadresse des Partner auf einem Zettelchen. Tun sie mir den Gefallen.

Er sprang von dannen, hinein in den Bus zum Flughafen. Der fuhr sofort los. Und wie er davonfuhr und das große Sklavenschiff immer kleiner wurde, lachte er. Lachte die ganze Fahrt über und pinkelte sich fast ein dabei.

Greta

„Weil ich so sozial bin."

Mein Name ist Greta und ich finde, das ist kein schöner Name. Gretchen, sagt die alte Frau Koslowski von nebenan immer, und ich lächle dann.

Einfach so. Weil ich so sozial bin.

Ich wohne in einer der größten Städte unseres Landes und ich mag es nicht. Nachts sitze ich an meinem Fenster und schaue hinüber zu den Altglascontainern, wo sich die Obdachlosen ihre kleine Welt erschaffen haben. Friedlich schlummern sie, zugedeckt mit dem Handelsblatt oder der Abendzeitung von gestern. Manchmal verliere ich dort beim Recyceln einen 50-Euro-Schein.

Einfach so. Weil ich so sozial bin.

Ich sitze gerade an einem neuen Paket, das ich per UNICEF nach Afrika schicke, als mein Telefon läutet.
„Hallo?"
„Hier ist Josie."
„Was ist los?"

„Ich hab Probleme. Kann ich zu dir kommen?"
„Ja klar."

Einfach so. Weil ich so sozial bin.

Kurze Zeit später steht sie mit Weißwein und Pralinen vor meiner Tür. Mädelskram. Sie hat geweint, das sehe ich. Ich schiebe sie in mein Wohnzimmer und öffne in der Küche den Wein und richte die Pralinen auf einem Teller an. Dazu lege ich ein paar Taschentücher.

Einfach so. Weil ich so sozial bin.

Sie seufzt und nimmt einen großen Schluck vom Wein. Dann beginnt sie zu erzählen. Von Otto, ihrem Mann. Er hat sie betrogen und sie hat es herausgefunden. Sie ist am Boden zerstört und kann ihre Tränen nicht stoppen. Sie hat ihn zur Rede gestellt und er hat ihr gesagt, er wolle nicht länger mit ihr zusammen leben. Er liebe die andere Frau; sie nicht mehr. Josie schnappt nach Luft. Ich streichle ihr den Kopf.

Einfach so. Weil ich so sozial bin.

Ich tröste sie, so gut ich kann, rede ihr gut zu, mache alberne Sprüche und erzähle Witze. Als sie spät in der Nacht geht, ist der Wein leer. Mein UNICEF-Paket aber auch.

Zwei Tage später sitze ich an meinem reich gedeckten Frühstückstisch und schaue durch das Fenster meinen Obdachlosen beim Aufwachen zu. Mir wird ganz anders, als ich meinen Tisch betrachte. Konsum, wo andere nicht die Möglichkeit zu essen haben. Ich schüttle den Kopf und beginne Brötchen zu schmieren. Danach bringe ich sie hinunter und stelle sie kommentarlos hin.

Einfach so. Weil ich so sozial bin.

Auf meinem Weg zurück zur Haustür kommt gerade der Zeitungsjunge und drückt mir mein Exemplar in die Hand. Ich schlage die Titelseite auf und merke plötzlich, wie mir etwas die Luft abschnürt.

Ich wohne in einer der größten Städte unseres Landes und ich mag es nicht, weil meine beste Freundin tot ist. Josie lebt nicht mehr. Nun weine ich und trinke Wein. Sie hat sich das Leben selbst genommen, weil ihr Lebensinhalt von ihr ging. Das ist nicht gerecht. Ich denke lange an gemeinsame Zeiten und was ich mit ihr erleben durfte. Als die Flasche Wein leer ist, fällt mir ein, dass ich noch ein schönes dickes rotes Vorhangseil im Keller habe. Ich werde Josie einen Besuch abstatten.

Einfach so. Weil ich so sozial bin.

Herr Stollen

„Das richtige Leben, das Herr Stollen liebt und das sich Arbeitsleben nennt."

Herr Stollen steht am Bahnsteig. Die Krawatte hält seinen Hals fest, gibt ihm Sicherheit. Ein kleines, langes Stück aus mehreren Stofflagen, das ihm seit Jahren ein treuer Alltagsbegleiter ist. Ein Begleiter, der ihn schützt und ihn uniformiert. Wenn er morgens vor dem Spiegel steht und seine Krawatte anlegt, wird er zu dem Mann, dem er am liebsten vor dem Spiegel gegenüber steht.

    Herr Stollen sieht sich in seinem Anzug, der von seiner Frau liebevoll zurecht geschneidert wurde, denn Herr Stollen hat zu kurze Beine und zu lange Arme, um in die Anzüge von der Stange zu passen. Seine Frau ist sehr bewandert mit Nadel und Faden und verwandelt jeden seiner Anzüge im Handumdrehen in ein perfekt sitzendes Kleidungsstück. Herr Stollen trägt am liebsten Anzüge. Business-Anzüge, Schlafanzüge, Jogginganzüge. Er fühlt sich wohl im uniformen Einheitslook. Herr Stollen steht am Bahnsteig und fühlt sich sicher. Die jungen Menschen neben ihm, die allmorgendlich lärmend und tobend auf dem Weg zu ihren Schulen sind, gehen ihm allerdings ziemlich auf die Nerven. Doch Herr Stollen beherrscht den strengen Blick. Mit nur einer minimalen Augenbrauenbewegung kann Herr

Stollen dafür sorgen, dass die lärmende Bande von ihm Abstand nimmt. Auch wenn er sehr wohl weiß, dass sie dann postwendend über ihn lachen. Da steht Herr Stollen natürlich drüber. Ein Mann, der wichtigen Aufgaben in seinem Alltag nachgeht, der stört sich nicht an ein paar Halbstarken, die vom Leben an sich doch ohnehin keine Ahnung haben. Also vom richtigen Leben, das Herr Stollen lebt und liebt und das sich Arbeitsleben nennt. Das kennen solche Kinder selbstverständlich noch nicht. Die Leichtigkeit Ihrer Jugend ist dennoch keine Entschuldigung für Herrn Stollen. Er will sie einfach nicht in seiner unmittelbaren Nähe haben. Er war nicht so, als junger Mensch. Er erinnert sich nur daran, viel gearbeitet zu haben. Schon als Teenager, auch wenn man das damals noch nicht so nannte. Er wurde schon früh als Aushilfskraft in das Versicherungsunternehmen eingebunden, in dem sein Vater tätig war. Hier sorgte Herr Stollen dafür, dass Formulare an ihren vorgesehenen Platz gelangten. Er lochte, heftete, rechnete gegen. Ihm gefiel es, im Büro zu sitzen. Er hatte in dem kleinen Raum, in dem der Kopierer stand, einen Schreibtisch zugewiesen bekommen. Herr Stollen liebte den Geruch aus warmem Papier und Druckerschwärze, den das Kopiergerät ausströmte. Die Firma war die erste im gesamten Umkreis, die überhaupt einen Kopierer besaß. Und er durfte daneben sitzen und das Gerät ganz selbstverständlich benutzen. Das Büro war sein Paradies. Er lungerte nicht in irgendwelchen Kneipen herum, wie das andere Menschen in seinem Alter taten. Kein Bier, keine Zigaretten reizten ihn. Auch die Mädchen waren ihm lange egal.

Bis er eines Tages, er war gerade auf dem Weg von der Schule ins Büro, in der Straßenbahn neben einem Mädchen zum sitzen kam, das einen ganz besonderen Duft verströmte. Sie trug die Haare leicht antoupiert, schulterlang. Die nach außen geföhnte Haarwelle wippte während der Fahrt. Sie trug ein leicht ausgestelltes Kleid, auf dem ein Blumenmuster um sich griff. Ihre Haut war sehr hell, ihr Haar sehr dunkel. Eine Märchenfigur. Und dieser Duft! Herr Stollen kann ihn sich auch heute noch ins Gedächtnis rufen. Eine Mischung aus Blumen, Vanille und vielleicht Holz. Süßlich, frisch und herb. Er fühlte sich sofort zu ihr hingezogen. Doch sie beachtete ihn nicht. Sie sah nur aus dem Fenster, schien die Geschehnisse draußen allerdings kaum wahrzunehmen. Er räusperte sich, aber auch das ließ sie nicht von ihm Kenntnis nehmen. Als die Bahn an seiner Haltestelle anhielt, stand er ungern auf. Er wäre gerne länger neben dem schönen Mädchen sitzen geblieben.

In den folgenden Tagen ging sie ihm nicht mehr aus dem Kopf. Er versuchte immer wieder, sie zu treffen, in dem er dieselbe Bahn nahm, in der sie sich begegnet waren, zur selben Uhrzeit. Eine Woche lang war sie wie vom Erdboden verschluckt, doch plötzlich saß sie wieder auf dem selben Platz wie beim ersten Mal. Er ging auf sie zu, nahm all seinen Mut zusammen und sprach sie an.

Heute spricht er nur noch wenig mit ihr. Wenn sie abends zusammen auf dem Sofa sitzen, denken sie wohl beide nicht mehr an die ersten Begegnungen zurück. Im Laufe der Jahrzehnte sind schließlich auch genügend andere Ereignisse hinzugekommen, die man erinnert. Nur ab und an ruft er sich das Bild des schönen Mädchens wieder ins Gedächtnis, kann diesen betörenden Duft riechen. Wenn er seine Frau anblickt, ist von diesem Mädchen nur noch wenig übrig. Ihr Körper, ihr Gesicht, ihre ganze Erscheinung ist die einer älteren Dame. Ganz natürlich. Immer wieder hat er die Hoffnung gehabt, die Zeichen der Zeit würden sie und ihn verschonen. Doch die Zeit ist mit ihnen im Galopp davongerannt. Seine Frau ist stets an seiner Seite geblieben.

Wenn er morgens aufsteht, hat sie ihm schon ein Frühstück zubereitet und ihm ein Mittagessen in seine Aktentasche geschoben. Wenn er am Abend nach Hause kommt, steht eine warme Mahlzeit auf dem Tisch. Und das seit über dreißig Jahren. Seine Frau ist das wichtigste Zahnrad im Getriebe seines Lebens. Und auch, wenn sie sich heute nicht mehr so angeregt unterhalten wie früher, kann er sich ein Leben ohne sie überhaupt nicht mehr vorstellen. Drei Kinder haben sie in die Welt gesetzt und sie hat sie großgezogen, während er tagaus, tagein zur Arbeit ging, um alle zu versorgen. Ging. Der Gedanke ließ ihn kurz zusammenzucken.

Die Straßenbahn rollt heran und Herr Stollen

steigt ein. Er sitzt stets auf demselben Platz, sofern sich dort nicht schon ein anderer Geschäftsmann oder ein Schulkind hingesetzt hat. Immer sitzt er auf dem Fenstersitz der ersten Vierergruppe neben der Tür rechts. Hier fühlt er sich am wohlsten. In Fahrtrichtung Sitzen hat für ihn etwas Entspanntes, er sieht die Dinge heranrollen.

     Das ist auch sein großes Talent im Beruf. Er arbeitet vorausschauend, kann Sachlagen rasch einschätzen und den weiteren Verlauf vorhersehen. Das hat ihn für die Firma unentbehrlich gemacht.

     Es hat nicht lang gedauert, bis er damals endlich mit der Schule fertig war und seine Ausbildung im Betrieb antreten dufte. Er genoss es, endlich den ganzen Tag dort arbeiten zu dürfen, von den Ausflügen in die Berufsschule mal abgesehen. Seinen Arbeitsplatz neben dem Kopierer durfte er gegen einen eigenen Schreibtisch in einem Großraumbüro eintauschen. Als er das Namensschild auf dem Tisch stehen sah, machte sein Herz einen Satz. Vor Freude.

     Er war ein exzellenter Lehrling. Seine rasche Auffassungsgabe und sein Talent, Situationen vorhersagen zu können, machten ihn zu einem beliebten Kollegen, der bald immer öfter um Rat gefragt wurde. Seine Ausbildung schloss er mit Bestnote ab, das war er seiner Meinung nach dem Unternehmen schuldig. Keine andere als die beste Leistung wollte er bringen, das machte er sich für die nächsten dreißig Jahre zum Motto. Mit seinen

Talenten, seinem Fleiß und seinem unermüdlichen Ordnungssinn wurde Herr Stollen nach und nach das Aushängeschild der Firma. Er wurde zum Abteilungsleiter befördert, in den Vorstand gewählt.

Herr Stollen öffnet seinen Aktenkoffer, während die grüne Landschaft vor dem Fenster nach und nach urbaner wird. Schon lange schaut er nicht mehr die ganze Fahrt über aus dem Fenster. Zu gut kennt er das, was draußen stattfindet.

Nach der Hochzeit war er mit seiner Frau an den Stadtrand gezogen. Dorthin, wo die Infrastruktur noch hervorragend, die Natur aber in nächster Nachbarschaft ist. Damit war er dem Wunsch seiner Frau nach einer ruhigen Wohnlage und dem Rat seiner Mutter, dass Kinder beim Aufwachsen die Nähe zur Natur benötigen, nachgekommen. In den ersten Tagen, nachdem sie in das kleine Häuschen gezogen waren, sah Herr Stollen jeden Morgen die ganze Fahrt mit der Straßenbahn über aus dem Fenster und erfreute sich an der Wandlung von grün zu grau. Die Natur schlich sich aus, Häuserblocks und immer mehr werdende Geschäfte schlichen sich in das Bild. Wenn er dann am Elisenplatz ausstieg, dem Zentrum der Stadt, da war er umgeben von Bürogebäuden und Baustellen, die immer höher werdende Komplexe in den Himmel zogen.

Heute ist er so manches gewohnt, kennt die Fahrtstrecke und nimmt nur hin und wieder aus dem Augenwinkel etwas wahr. Stattdessen nutzt Herr

Stollen die Zeit der Bahnfahrt zur Lektüre der jüngsten wirtschaftlichen Ergebnisse seiner Abteilung. Sein Metier sind die Unfallversicherungen und seine Verantwortlichkeiten umfassen sowohl den Bereich der Versichertenakquise als auch den der Prüfung eingereichter Fälle. Um den gesamten Überblick über alle Geschehnisse und den Standpunkt der Abteilung im Unternehmen zu behalten, liest Herr Stollen Monat für Monat die wirtschaftlichen Auswertungen der Buchhaltung, Woche für Woche die Bilanz der Vertragsabschlüsse und Tag für Tag seine Aufgabenliste, die ihm seine Sekretärin jeden Abend aktualisiert in den Aktenkoffer steckt.

Früher, als es noch keine Mobiltelefone gab, konnte man besser arbeiten in der Straßenbahn. Heute schert sich niemand mehr um gegenseitige Rücksichtnahme. Herr Stollen muss sich stark konzentrieren, um alle Fakten aufzusaugen, die ihm der Bericht liefert, der in einem einfachen Hefter vor ihm auf dem Schoß liegt. Um ihn herum wird telefoniert, gelacht, gestritten, geplaudert. Lautstark. Herr Stollen hat diese Entwicklung mit Argwohn anrollen sehen.

Er konnte nicht verstehen, dass es den Menschen tatsächlich gut tat, wo sie gingen und standen plötzlich laut zu gestikulieren und ihre Meinung oder ihr Privatleben kund zu tun. Für Herrn Stollen eine Unsitte. Er war ein diskreter, gepflegter Herr, der auf seine Mitmenschen achtete. Natürlich hatten sie ihm auch irgendwann so ein Handy vor die

Nase gesetzt. Es war, als er einen deutlichen jüngeren Vorgesetzten zugeordnet bekam. „Herr Stollen, sie müssen mit der Zeit gehen. Sie werden staunen, wie flexibel Sie mit diesem Gerät Ihre Kunden und Mitarbeiter erreichen können.", hatte der junge Chef, dem er es später nicht mehr recht machen konnte, gesagt und ihm das kleine Telefon über den Tisch geschoben. Seither hat er nie ein anderes Handy besessen und er hat es nie in der Öffentlichkeit benutzt. Das Telefonieren auf offener Straße ist ihm immernoch unsagbar peinlich.

Den Menschen in der Straßenbahn offensichtlich nicht. Er schämt sich dennoch für sie mit. Was soll er mit der aufgeschnappten Information, dass die Frau auf dem Sitz neben ihm erst noch zur Post muss, ehe sie kommen kann? Was soll er anfangen, mit dem Wissen, dass der junge Mann mit dem Piercing in der Nase „keinen Bock mehr auf die Alte" hat? Herr Stollen ist zu beherrscht, ansonsten würde er gerne lautstark gegen das Stimmengewirr um ihn herum anschreien und um Ruhe bitten. Sehen diese Leute denn nicht, dass er arbeitet?

Die Ruhe beim Arbeiten, die war stets ein weiterer Grundpfeiler seiner Arbeitshaltung. In seinem Großraumbüro, wo er einen großen Schreibtisch an der Wand besetzte, seine Mitarbeiter gut im Blick, erlaubte er kein Radio, keine Musik und kein lautes Geschnatter. Seiner Sekretärin gestand er nur ein einziges Privatgespräch mit ihrer kranken Mutter zu.

Und auch nur am Morgen, bevor er ins Haus kam.

Die Chefetage liebte ihn, seine Mitarbeiter pflegten eine gewisse Distanz. Respekt, das lobte sich Herr Stollen. Doch in Wahrheit hassten sie ihn. Nach zehn Jahren als Kopf der Abteilung, hörte er, rein zufällig, ein Gespräch zwischen zwei Reinigungskräften mit.

„Ja, aber dieser Stollen, dass muss ja ein alter Tyrann sein. Die Mädchen weinen so oft auf der Toilette. Der macht die richtig rund, wenn die keine gute Arbeit leisten", sagte die eine.

„Davon habe ich auch gehört. Einer seiner Mitarbeiter hat sich neulich lautstark im Kaffeeraum über ihn ausgelassen", erwiderte die andere.

Herr Stollen entfernte sich damals mit gemischten Gefühlen von dieser Gesprächsszene und konnte sich einer leisen Wut in den nächsten Jahren nicht mehr entziehen. Für ihn war es ein persönlicher Angriff, Probleme mit ihm nicht unter vier Augen lösen zu wollen. Verletzt, ja, vielleicht war er auch nur verletzt und brachte den Mut nicht auf, seine Mitarbeiter zur Rede zu stellen, aber diese Unart konnte er dennoch nicht dulden.

Herr Stollen liebte seinen Beruf. Daran konnten auch seine Mitarbeiter mit ihren hinterhältigen Verhaltensweisen nichts ändern.

Herr Stollen liebt seinen Beruf. Es gibt nichts anderes dazu zu sagen, denn er geht völlig darin auf. Er hat auf Kongressen schon oft Kollegen getroffen, die den Job als eine Art Fremdkörper in ihren Leben ansahen, der zwar Geld einbringt, aber jedwedes Vergnügen versagt.

Herr Stollen sieht das nicht so. Er fühlt sich von seiner Arbeit ausgefüllt und ausgeglichen. Die Struktur, die der Beruf in seinen Alltag bringt, ist für ihn die Luft zum Atmen. Schon diese Fahrt mit der Straßenbahn am Morgen. Ein Ritual. Und Rituale sind für Herrn Stollen äußerst wichtig. Rituale geben dem Leben Halt, modellieren es zu einer festen Burg.

Er hat sich mit seiner Frau viele Rituale gemeinsam erschaffen und die Arbeit, das war seine Welt voller wohltuender Rituale. Es wäre ihm nie in den Sinn gekommen, dass diese Rituale ihm je irgendwer nehmen würde.

Die Straßenbahn kommt zum Stehen. „Elisenplatz. Umsteigemöglichkeit zu allen Linien."

Herr Stollen erhebt sich und steigt aus. Er blickt hinauf zu den Wolkenkratzern, die sich zwischen die Bürogebäude gemischt haben, die zu Zeiten seines Berufseinstiegs schon dort standen. Über die Straße mit den Schienensträngen der Straßenbahn springt Herr Stollen wie immer. Vor Straßenbahnen hat er Respekt, man kann sie leicht übersehen, wenn man in Gedanken ist.

Als er die Eingangshalle des Bürogebäudes betritt, vermisst er auch heute den Duft des frisch gesäuberten Linoleums, das vor rund fünf Jahren einem moderneren Boden aus einer Art Plastik weichen musste.

Herr Stollen wartet auf den Aufzug. Neben ihm sammelt sich eine kleine Traube von Menschen an, die im Gebäude arbeiten. Einigen nickt er zu. Man kennt sich. Als der Aufzug ankommt, steigt Herr Stollen zusammen mit den anderen Menschen ein.

„Soll ich für Sie drücken, Herr Stollen?", fragt eine alte Bekannte, die in der Anwaltskanzlei ein Stockwerk über seiner Firma arbeitet.
„Nein, danke, ich drücke selbst", sagt Herr Stollen, geht einen Schritt zu ihr herüber und drückt.

Die alte Bekannte sieht ihn entsetzt an und blickt dann schnell zu Boden.

Drei Worte stehen neben dem Knopf, den Herr Stollen gedrückt hat. Drei Worte, die viel in seinem Leben verändern werden: Agentur für Arbeit.

Grasflecken

„Wenn er in der Nähe ist, stelle ich mich an, als hätte ich Drogen genommen."

JETZT

Mein Herz schlägt so stark, dass ich das Gefühl habe, jeder kann es sehen. Mit einer so starken Reaktion meines Körpers habe ich nicht gerechnet. Es ist so surreal. Es ist so filmreif. Dabei sollte es mich gar nicht überraschen, mein Leben verläuft immer wieder so. Da sitzt er. Drei Sitzreihen vor mir. In einem Reisebus, der nach Bananenschalen und Frikadellen stinkt. Er. Mein persönliches Tschernobyl. Meine persönliche Apokalypse. Mein persönlicher Korkenzieher. Spitznamen und Begrifflichkeiten, die sich im Laufe der Jahre angehäuft haben. Spitznamen, über die man im Laufe der Zeit lachen konnte. Aber das hier, das ist jetzt gar nicht mehr so witzig.

DREI TAGE ZUVOR

Als ich aus dem Bett steige, falle ich über meine Tasche, die ich in der Nacht zuvor dort abgestellt habe. Ich bin betrunken nach Hause gekommen. Das kommt seit einiger Zeit wieder öfter vor. Es grenzt an ein Wunder, dass ich in jenen Zuständen wirklich immer wieder nach Hause finde. Ich falle über die Tasche und fluche wie ein Rohrspatz. An meinen über und über im Raum verteilten Klamotten vorbei

taumele ich ins Badezimmer und setze mich auf die
Toilette. Ich lasse meinen Kopf an die gefliese Wand
neben mir fallen. Die Kacheln sind schön kalt. Das tut
gut. Ich zittere noch ein bisschen. War das ein Traum?
Es war so real! Es war, als stünde ich wieder vor ihm.
Die Anspannung in meinem Körper fühlt sich exakt so
an wie damals. Als ich Angst hatte vor ihm. Vor mir. Im
Grunde hatte ich vor der ganzen Welt Angst. Im
Grunde traute ich mir selbst nicht über den Weg. Ein
unerträglicher Zustand. Das sind Schmerzen, die
meiner Meinung nach denen einer Häutung bei
lebendigem Leibe nahe kommen. Damals hatte ich die
Schmerzen im Alkohol ertränkt. Vielleicht ist deshalb
alles so greifbar, so spürbar? Weil ich wieder
betrunken bin. Ich hasse es. Ich hasse diesen Zustand
und ich hasse diese Träume, die an der Seele
herumkratzen und die alten Grasflecken zutage
fördern.

JETZT

Der Bus fährt ab jetzt noch drei Stunden ohne
Zwischenhalt. Was, wenn er mich entdeckt? Ich habe
mich so tief es geht im Sitz einsinken lassen und
versuche, mich mit Atemübungen aus dem
Yogaunterricht zu beruhigen. Jahrelang habe ich es
erfolgreich vermieden, ihm über den Weg zu laufen.
Ich habe das Stadtviertel gewechselt, meine
Telefonnummer geändert, ein neues Profil bei
Facebook angelegt. Jahrelang hatte ich meine Ruhe.
Ja, ich hatte ihn womöglich sogar fast vergessen. Und

nun, wo ich einmal die Stadt verlasse - und ich verlasse die Stadt wirklich nicht oft - da muss ausgerechnet er mit mir im selben Bus sitzen? Ich meine, warum nicht jemand, den ich aus meiner Schulzeit kenne und seither verachte? Da kann man lächeln, winken, Arschloch denken und sein Leben unbehelligt weiterführen. Diese Situation, mit ihm, die wirft mich wieder zurück. Der Bus fährt mit achtzig Sachen vorwärts und mein Leben hat den Rückwärtsgang eingelegt.

DREI TAGE ZUVOR
Als ich meinen Kopf von den kalten Fließen hebe, sitze ich bestimmt schon eine viertel Stunde auf der Toilette. Längst ist verrichtet, was verrichtet werden sollte. Herrgott, diese Träume werfen mich jedes Mal so aus der Bahn. Jedes verdammte Mal sitze ich irgendwo in der Wohnung herum und bewege mich nicht mehr. Ich muss das auflösen, ich will das nicht mehr. Es muss doch einen Weg geben, diese Träume ein für alle mal zu stoppen. Wie soll ich denn je noch in Ruhe einschlafen können? Nun gut, ich kann von Glück sagen, dass ich eine Weile meine Ruhe hatte. Aber seit drei Wochen geht das nun im Abstand von zwei bis drei Tagen immer wieder los.

JETZT
Ich muss mal. Natürlich muss ich mal. Das ist eine logische Reaktion meines Körpers auf Angst und Anspannung. Das ist immer so. Aber ich kann jetzt

nicht. Mal zu müssen ist das letzte, was ich jetzt will. Er sitzt doch da vorne. Direkt vor dem Klo, quasi. Ich bleibe sitzen. Und wenn ich in die Hosen mache. Was tut er denn? Er liest. Seit wann liest er denn? Was liest er da? Er hat früher nicht gelesen. Er hat es nur behauptet, als wir uns kennen lernten. In den zwei Jahren, die ich dann mit ihm verbrachte, war auf seiner Seite des Bettes nie ein Buch aufgetaucht. Bei mir allerdings einige. Also, warum liest er jetzt? Und warum fährt er Bus? Er war doch immer ein eiserner Verfechter des Autofahrens. Ich werde immer nervöser.

DREI TAGE ZUVOR

Ich stehe auf und gehe hinüber in mein Arbeitszimmer. Mein Notebook schlummert friedlich auf dem alten Schreibtisch vom Flohmarkt. Ich klappe ihn auf und betätige den silbernen Knopf. Mit einem Surren erwacht das Gerät zum Leben und auch in mir beginnt ein leichtes Zittern. Ich schau jetzt nach. Ich will wissen, was er macht. Wo er ist. Der Bildschirm springt an und ich werde nach meinem Passwort gefragt. Ich gebe es ein. Noch immer besteht es aus einer Verbindung unserer beider Namen. Was für ein Kitsch. Für so was hasse ich mich immer ein bisschen. Nachdem ich die Enter-Taste gedrückt habe, zögere ich aber doch.

JETZT

Es ist völlig undenkbar, aufs Klo zu gehen. Mittlerweile

habe ich alle per SMS informiert. Karla schreibt: Geh hin und sag Hallo. Jan simst: Tot stellen. Lara will, dass ich ihn mit allem konfrontiere, was er mir angetan hat. Die spinnen doch alle. Ich simse: Er liest ein Buch. Alle senden mir Fragezeichen zurück. In der Not versteht einen niemand mehr. Seit einer halben Stunde habe ich nicht mehr geschaut, was er tut. Auch, wenn die Wahrscheinlichkeit sehr gering ist, dass er sich umdreht und mich entdeckt. Ich will kein Risiko eingehen. Unter keinen Umständen.

DREI TAGE ZUVOR
Egal. Ich klicke den Internetbrowser an und das blaue Fenster öffnet sich. Mit zitternden Händen - warum zittern die jetzt - gebe ich seinen Namen im Suchfenster ein. Der Algorithmus ist schlau, innerhalb weniger Sekunden werden mir sein Name und sein Profilbild angezeigt. Mir ist schlecht. Da ist er. Hier bin ich und schaue mir sein Profil an. Das ist so dämlich. Ich habe es zwei Jahre lang geschafft, dieses Internetprofil nicht mehr zu besuchen. Herzlichen Glückwunsch, das habe ich soeben alles zunichte gemacht.

JETZT
Ich schaue jetzt doch. Er wird mich schon nicht sehen. Langsam schiebe ich mein Gesicht am Sitz vor mir nach oben. Als meine Augen über die Lehne reichen, sehe ich nichts von ihm. Wo ist er? Ich setzte mich blitzartig auf. In dem Moment taucht er auf. Er war auf

dem Klo. Er kommt den Flur hinunter und sieht in meine Richtung. Scheiße. Scheiße. Scheiße. Ich lasse mich auf den Boden vor meinem Sitz fallen und schlage mir den Kopf am Vordersitz an. Hat er mich gesehen? Ich muss doch auch aufs Klo! Die Frau vor mir beugt sich über den Sitz und fragt: "Alles in Ordnung?"

DREI TAGE ZUVOR

Es hat keine zwei Minuten gedauert. Mein Gehirn saugt alle auffindbaren Informationen zu seinem aktuellen Leben auf. Er lebt nicht mehr in der Stadt. Er lebt nicht mehr in der Stadt? Wozu habe ich dann jahrelang sein Stadtviertel gemieden? Er ist wieder liiert. Klar. Er kann nicht allein sein. Er hat einen neuen Job. Und auf den Fotos, verdammt, auf den Fotos sieht er viel zu gut aus.

JETZT

Er hat nichts mitbekommen. Es ist wie damals. Wenn er in der Nähe ist, stelle ich mich an, als hätte ich Drogen genommen. Immer wieder hat er mich deswegen ausgelacht. Dummerchen, das war mein Spitzname. Dabei war er doch an allem Schuld! Dieser selbstgefällige Idiot! Ich ärgere mich. Die Wut kocht mein Blut auf. Da vorne sitzt er jetzt, mit entleerter Blase, während ich mich hier aufrege und immer noch muss. Das ist mal wieder typisch für uns.

DREI TAGE ZUVOR

Dass er weggezogen ist, das schmerzt irgendwie. Aber warum? Ich habe es tunlichst vermieden, jedweden Weg in sein Stadtviertel zu nehmen. Und das, obwohl die besten Restaurants und Kneipen in seiner Straße sind. Doch ich wollte das Risiko nicht eingehen, ihm unerwartet gegenüber zu stehen. Meine Freunde fanden es natürlich anstrengend, wenn ich verkündete, ich könne dieses oder jenes Lokal auf keinen Fall aufsuchen. Dass das all die Jahre quasi für die Katz' war, enttäuscht mich. Sehr sogar. Oder enttäuscht mich, dass er klammheimlich die Stadt verlassen hat? Aber was hätte er denn auch tun sollen? Mich anrufen? Hey, ich ziehe weg, nur damit du Bescheid weißt? Was bilde ich mir denn nur ein?

JETZT

Er wohnt nicht mehr in der Stadt! Was macht er dann hier? Wen hat er besucht? Warum fährt er nicht mit dem Auto? Ich bin völlig rasend. Ja, ich verstehe die Welt nicht mehr. Ich fahre ungefähr nie aus der Stadt und wenn, dann immer mit dem Reisebus. Er fuhr damals immer Auto. Wie, um alles in der Welt, konnten er und ich jetzt in dasselbe Fahrzeug geraten? Ich linse wieder über die Sitzreihe vor mir zu ihm rüber. Diese Klamotten! Der hat doch früher keine Cargohosen getragen? Hat er sich so schnell angepasst in seiner neuen Heimat? Kleiden die sich da so? O Gott, ich will mir diese Fragen nicht stellen. Ich will zur Toilette. Ich will nach Hause. Ich will auf jeden Fall hier weg.

DREI TAGE ZUVOR

Ich fahre den Rechner herunter und lege mich wieder ins Bett. Mein Herz lässt meinen gesamten Körper pulsieren. Die neuen Infos über ihn fahren in meinem Kopf Karussell. Oder der Alkohol? Oder beides. Er lebt nicht mehr in meiner Stadt. Er ist in einer Beziehung. Mit wem denn? Wir haben früher so viel gelacht, so intensiv gelebt, so sehr geliebt. Mit wem führt er das jetzt fort? Ich konnte mich seit ihm an niemanden mehr binden. All diese Typen, die mich zum Essen ausführten und mir irgendwelches Zeug erzählten. Dinge, die mich so sehr langweilten, dass ich mich hätte übergeben können. Ich habe immer nur an ihn gedacht. Die ganze Zeit. Klar, da waren Affären oder wie man das auch nennen mag. Da fand Geschlechtsverkehr statt, man ging zusammen ins Kino und zu Parties. Aber jedes Mal stellte ich mir nur vor, seine Hand zu halten, statt der irgendeines Typen. Und er geht so mir nichts, dir nichts weiter zur nächsten Liebschaft?

JETZT

Seine Hand liegt links neben ihm auf dem Sitz, als würde er ihn für jemanden frei halten. In mir keimt das Bedürfnis, mich jetzt sofort genau dort hin zu setzen. Seine Hand zu nehmen, sie fest zu halten, meinen Kopf auf seine Schultern fallen zu lassen. Ankommen. Wieder ankommen bei ihm. Und im schlimmsten und gleichzeitig schönsten Leben, das ich je geführt habe.

DREI TAGE ZUVOR
Natürlich haben wir versucht, uns nach der Trennung wieder aufeinander zuzubewegen. Ich war ja nach wie vor verliebt in ihn. Er hatte mir während unseres Zusammenseins zwar meine Lebensenergie genommen. Aber nach ein wenig Abstand hatte ich das Gefühl, ohne ihn völlig leblos zu sein. Ich war abhängig. Abhängig von seiner Liebe, seiner Gunst, seinem Wohlwollen. Und ich tat auch nach der Trennung alles dafür, ihn zufrieden zu stellen. Ich wollte ihm gefallen, in Kontakt bleiben, um jeden Preis. Ich nahm ab, nein, ich magerte ab. Ich hungerte, ich kotzte, ich wollte nicht mehr essen. Wollte schlank sein, schön sein. Dafür rannte ich ins Solarium, zur Kosmetikerin, zum Friseur. Immer wieder. Er traf mich, nahm mich zur Kenntnis, mehr nicht. Irgendwann verebbten diese Kurztreffen und ich sah ihn gar nicht mehr. Da begann ich, ihn zu meiden, seine Welt zu meiden, seine Straße, seine Freunde, seine Lieblingsclubs.

JETZT
Ob er wohl immer noch so gerne feiern geht? Er war der König der Partyszene, als ich mit ihm zusammen war. Ein Aspekt, der mir bitter aufstieß. Ich wollte ihn natürlich nur für mich haben. Wollte ihn, nur ihn, mit Haut und Haar. Seine ganzen Freunde, seiner Feierwut, all das entzog ihn mir, damit war ich nie klar gekommen. Wenn ich doch nur sein Gesicht sehen könnte! Er sitzt einfach nur da und liest. Das macht

mich wahnsinnig. Einerseits würde ich so gerne wieder in seine dunklen Augen sehen, ich konnte aus seinen Augen immer so viel ablesen. Mehr, als mir lieb war, mehr als ihm beileibe lieb war. Andererseits fürchte ich genau das.

DREI TAGE ZUVOR

Ich kann nicht schlafen. Also stehe ich wieder auf, gehe zum Fenster und blicke auf die Straße. Eine der größten Straßen unserer Stadt verläuft direkt vor meinem Fenster, eine pulsierende Aorta. Aber um diese Zeit pulsiert selbst hier nichts. Nur mein Herz. Nur mein Verstand, der mich ratlos macht, dem ich so gerne helfen würde, keine Erinnerungen mehr an ihn aufrufen zu müssen. Ich beuge mich aus dem Fenster und strecke meine Arme aus. Am Himmel suche ich den Mond, doch da sind nur Wolken. Also sage ich zu den Wolken:

"Ab heute denke ich nie wieder an ihn, träume nie wieder von ihm und spreche nie wieder von ihm. Gott oder was auch immer da oben ist, bitte hilf mir!"

JETZT

Mein Reisezlel rückt näher. Der Busfahrer sagt Anschlussverbindungen durch und ermahnt uns, nichts auf den Sitzen oder in den Gepäcknetzen zu vergessen. Ich würde mich gerne selbst im Gepäcknetz vergessen und dort abwarten, bis er ausgestiegen ist. Wo das wohl sein mag? Wo fährt er hin? Immer mehr Fragen tauchen auf, je mehr ich nachdenke. Der Bus fährt von der Autobahn und fädelt sich in den Stadtverkehr ein.

DREI TAGE ZUVOR
Als ich mich wieder ins Bett lege, fällt mir die Geschichte mit dem Wildschwein ein. Wir waren zusammen im Wald joggen, das haben wir ab und an gemacht, um uns vom schlechten Gewissen der Sportmuffel reinzuwaschen. Doch meistens stritten wir während des Joggens. Und auch an diesem Tag stritten wir wie die Hornochsen. Plötzlich blieb er stehen, hielt mich am Arm fest und zwang mich zum Anhalten. Erst wollte ich noch wütender werden, doch er bedeutete mir, still zu sein. Hinter uns hörten wir starkes Atmen. Schnaufen. Ächzen. Das konnte kein anderer Jogger sein. Ich drehte mich um und schrie sofort wie am Spieß. Ein riesiges Wildschwein kam auf uns zu gerannt. Ohne zu überlegen sprang ich los. "Nein, bleib' stehen! Wenn du stehen bleibst, rennt es an dir vorbei, es kann dich dann nicht wahrnehmen!" Doch ich war panisch. Und rannte. Ich rannte auch weiter, als das Schwein außer Hör- und Reichweite war. Ich rannte, bis ich wieder vor seiner Wohnung angekommen war. Dort wartete er bereits lachend, er war mit dem Auto zurück in die Stadt gefahren. Ich habe nie auf ihn gehört, besonders in solchen Situationen. In Situationen, in denen er Recht hatte. Diese Geschichte ist lustig, aber sie steht für mich symbolisch für die Wut, die ich auf ihn hatte. Weil wir zu nah waren. Weil ich ihn zu sehr liebte. Ihn mehr

liebte als er mich. Wie ein trotziger Teenager rebellierte ich deshalb gegen jeden gut gemeinten Ratschlag seinerseits. Eine Ermahnung, nie wieder in eine solche Abhängigkeit zu rutschen.

JETZT
Die Menschen um mich herum springen auf. Ich bewege mich nur widerwillig von meinem Sitz. Jetzt ist es wohl soweit. Ich muss an ihm vorbei. Er sitzt und liest. Unbeteiligt am Geschehen um ihn herum. Typisch. Vielleicht habe ich ja Glück und er sieht mich erst gar nicht. Und wenn, dann muss ich ja eh sofort aussteigen. Wo er wohl hinfährt? Ich packe das Buch in meine Tasche, das ich auf der ganzen Fahrt vor lauter Nervosität nicht anrühren konnte. Ich packe meine Jacke. Ich stehe auf. Um mich herum wuseln die anderen Passagiere und klauben Koffer und Taschen aus den Gepäckablagen. Meine Beine beginnen zu zittern. Und wie eine Karawane setzen sich die Menschen um mich herum in Bewegung, treiben mich in Richtung des hinteren Ausstieges. Mein Herz hebt wieder an zu einem Wummern und drückt unruhig gegen meinen Brustkorb. Solche Situationen sind doch die wirklichen fiesen Dinge im Leben. Ich bin nun ganz nah an seinem Sitz. Also gut. Man soll seiner Angst ja ins Auge schauen. Ich grüße ihn einfach. Was ist schon dabei? Ich bin an seinem Sitz angekommen. Noch immer starrt er in sein Buch. Ich beuge mich zu ihm herunter, hole Luft und schon schaut er zu mir hoch.

"Oh. Entschuldigung, ich hab Sie wohl verwechselt!", stammle ich, höre das Blut in meinen Ohren rauschen und steige hastig aus. Mein Herz schlägt so stark, dass ich das Gefühl habe, jeder kann es sehen. Dann muss ich schallend lachen.

Das Leben hinterlässt fiese Grasflecken auf der Seele. Es wird Zeit, dass ich sie ein für alle Mal abwasche!

Der Schwan

„Alles wird gut, mein Mädchen."

Die Haarsträhne. Immer wieder löste sie sich aus dem akribisch zurecht frisierten Helm, den ihr Haar bildete. Rebellisch und in ihrer Rebellion das einzige, das an ihr überhaupt noch rebellieren konnte. Energisch versuchte sie, die Strähne zurück in das geglättete Meer aus Strähnen an ihrem Kopf zu bringen. Jeden Tag ihr Gesicht im Spiegel zu betrachten. Das war mehr, als sie je zu befürchten gewagt hatte. Zumindest hatte sie niemals auch nur eine Sekunde daran gedacht, dass sie auch so enden könnte. So, wie Millionen anderer Frauen vor ihr: Als Ehefrau von Beruf. Ohne Berufung. Ein Schwan, der zum Entlein geworden war.

    Ambitionen hatte sie gehabt, unzählige. Doch es schien, als hätten sich all ihre Ambitionen in Depressionen ertränkt, und nur die Hoffnung, alles könne ein großes Missverständnis sein, hielt sie am Leben und auf Trab.

    Sie fuhr mit der Hand über die Fläche des Spiegels. Kalt und glatt. Nicht nur das Spiegelglas. Auch ihr Gesicht, ihre ganze Aufmachung. Und auch ihr Herz. Sie streichelte ihrem Spiegelbild über die Wange.

"Alles wird gut, mein Mädchen."

Ein Satz, der mittlerweile auch nur mehr aus leeren Worthülsen bestand. Wie Sand, den man langsam aus einer leicht geöffneten Faust rieseln ließ. Ihr Vater. Jeden Morgen dachte sie an ihren Vater und wie ihr Leben noch trostloser geworden war, ohne ihn. Die Guten sterben zuerst. Oder so ähnlich. Alles, was ihr von ihm geblieben war, war dieser Satz. "Alles wird gut, mein Mädchen". Ein Trost, eine Motivation, die er ihr unermüdlich entgegen feuerte, wenn sie sich an seiner Schulter ausweinte.

"Das Leben dreht sich schnell, aber wenn eines sicher ist, dann dass es immer weiter geht, mein Schwänchen." Ihre Mutter hatte den Vater immer als hoffnungslosen Optimisten und Spinner abgetan, aber für sie waren seine Worte Bibelverse gewesen und seine Leitsätze Mantras.

Die Lampe über dem Spiegel flackerte, als sie sich jetzt mit den Fingern über ihre Wange fuhr.

Sie hatte vor vier Jahren damit angefangen, zu zählen. Sie zählte alles. Schritte, Atemzüge, Kopfbewegungen. Zeitungsseiten, Cerealienflocken, Löffel in der Spülmaschine. Womöglich, um überhaupt durch den Tag zu kommen. Womöglich, weil sie über ihrem Alltag nach und nach verrückt wurde. Aber das Zählen half ihr und nur das war wichtig. Es war eine Aufgabe, die anders war als ihre tägliche Routine, und nur das war wichtig.

Ihr Mann arbeitete mit Zahlen. Großen Zahlen. In einer Bank, und eigentlich wusste sie gar nicht so recht, was er da genau machte. Er erzählte ihr jeden Abend von seinem Tag, während sie ihm beim Abendessen zusah oder neben ihm vor dem Fernseher saß. Sie hörte ihm schon eine gefühlte Ewigkeit nicht mehr zu, und sie war sicher, er tat es umgekehrt genauso. Sie wusste nicht einmal, ob er sie überhaupt noch sah. Sie sah nur die Warzen in seinem Gesicht, die er bekommen hatte, seit er älter geworden war. Vier. Und vier zu viel. Sie wusste nicht, ob er bemerkte, wie sie sich jeden Morgen zurechtmachte. Und sie wusste nicht, ob er bemerkte, dass sie jede Nacht ins Gästezimmer auswanderte, um sich mithilfe ihrer Schlafmaske und ihren Oropax in einen komatösen Schlaf zu flüchten. Sie wusste nicht, ob die Kinder etwas bemerkten. Drei. Und drei zu viel. Drei undankbare, hässliche Entlein, die sich von ihr bedienen ließen. Neunzehn, siebzehn, dreizehn. Ergebnisse der zum Glück seltenen koitalen Aktivitäten, die für ihren Geschmack noch seltener hätten sein können. Die Namen hatte alle ihr Mann ausgesucht. Ihr war das von Anfang an egal gewesen.

An ihre Schwangerschaften erinnerte sie sich nicht mehr und war mehr als froh darüber. Letzte Woche hatte sie ihre damalige Hebamme beim Einkaufen getroffen. Drei Haare waren der guten Frau auf dem Kopf geblieben und noch nicht einmal beim Anblick dieser wandelnden Gedächtnisstütze fielen ihr

Details aus den Zeiten ihrer Schwangerschaften ein. Verdrängung war mittlerweile ihre Königsdisziplin.

Es war ihr egal, welche schulischen Leistungen ihre Kinder mit nach Hause brachten oder wen. Ob sie Jungen mitbrachten oder Mädchen, ob sie Drogen nahmen oder suizidgefährdet waren.

Jeden Morgen vollzog sie ihr Badezimmerritual und bereitete ihrer Familie ein Frühstück zu. Sie toastete, briet, schmierte, goss ein und wischte hinterher. Automatisiert und routiniert. Ihr Mann aß vier Scheiben Pumpernickel mit zwei wachsweichen Eiern, dazu trank er Kaffee mit Milch und zwei Löffeln Zucker. Ihr Sohn löffelte überzuckerte Cornflakes und trank dazu schwarzen Kaffee. Ihre erste Tochter aß einen Teller Obst und trank fettarme Milch. Die Jüngste aß Weißbrote mit Nougatcreme und trank dazu Kakao. Sie selbst aß einen Apfel und trank Cappucino aus einer großen Tasse, die sie im Laufe des Morgens drei Mal füllen würde. Es war ihr egal, wie sich ihre Familie ernährte. Sie scherte sich nicht darum, ob eines der Mädchen dadurch übergewichtig oder magersüchtig wurde. Nur eines war ihr wichtig: Die Uhr über der Küchentür.

Drei, zwei, eins.

Ein letztes Mal fiel die Haustüre mit einem Krachen ins Schloss. Der Mann hatte als letzter der Sippschaft den Frühstückszirkus verlassen. Sie nahm einen Schluck von ihrem Kaffee und schloss die Augen.

Irgendwo in der Nachbarschaft bellte ein Hund, dem sie umgehend den Tod wünschte. Dann begann sie mit den Aufräumarbeiten. Automatisiert und routiniert. Stapelte Teller, entfernte Abfall und bestückte den Geschirrspüler. Sie brachte den vollen Müllbeutel hinaus zur Mülltonne und grüßte den Nachbarn. Sie wechselte die Tischdecke und arrangierte die Vase in der Tischmitte. Erst, als das Bild ihr perfekt und abgerundet erschien, verließ sie die Küche.

    Das Sonnenlicht schien sich durch die große Spiegelwand zu vervielfachen. Der Raum schien zu glühen. Sie atmete tief ein. Der Geruch, den sie so sehr liebte, stieg ihr in die Nase. Sie schloss die Tür hinter sich und drehte den Schlüssel im Schloss herum. Es war soweit. Ihre Zeit des Tages begann. Ihre Mundwinkel zuckten. Sie ging hinüber zur Musikanlage und sah zu, wie die CD im Abspielfach verschwand. Keine Sekunde später hörte sie, worauf sie seit vierundzwanzig Stunden gewartet hatte. Tschaikowsky. Eins, zwei, drei. Sie streckte ihr Bein und atmete noch einmal tief ein. Dann begann sie zu tanzen.
    Von außen betrachtet erscheint jede noch so kleine Welt perfekt. Von innen war ihr nur die eine, die ihre perfekt. Die Welt, in der sie jeden Morgen zwei Stunden tanzte.

    "Du bist mein Schwänchen!", hatte ihr Vater immer gesagt.

Alwin will nichts mehr

„Keine Flut mehr. Kein Tsunami der Trauer."

Alwin sitzt im Park und liest. Seit ihn Bea sitzengelassen hat, liest Alwin ununterbrochen. Es bildet ihn. Das bildet sich Alwin zumindest ein. Aber das hilft ihm schon. Sich irgendetwas einzubilden. Nicht zu hoffen. Nicht zu bangen. Zu trauern. Oder zu weinen. Oft hat er geweint in der letzten Zeit. Mittlerweile kommt aber nichts mehr raus, aus den Augen. Keine Flut mehr. Kein Tsunami der Trauer. Des Verlusts. Wie eine Dürre. Die Trauer: noch da, noch greifbar. Schneidet ihm manchmal in die Eingeweide, wie ein Metzger mit dem Fleischermesser dem toten Vieh. Aber die Augen, die bleiben trocken. Die Seele bebt ab und an. Dann hat er Angst, einen Herzanfall zu bekommen. Er hat ja so einiges in der Zeitung gelesen über junge Männer, die so mir-nichts-dir-nichts an einem Herzanfall gestorben sind. Oder er hat Angst, sich aufzulösen. Auch das hört man ja manchmal. Von diesen Nahtod-Leuten. Die lösen sich auf und all sowas. Aber die Anfälle bei Alwin vergehen immer so plötzlich wieder, wie sie gekommen sind. Aber er hat Angst vor den Anfällen, kann sie nicht greifen, ist machtlos.

Seit ein paar Tagen scheint die Sonne. Der Sommer beginnt. Das Wetter ist - wie andere Menschen, die nicht Alwin sind, das nennen würden - traumhaft. Für

Alwin ist nichts traumhaft. Aber die Sonne, die findet er okay. Sie lockt ihn zumindest aus der Wohnung.

Die Wohnung, die er zusammen mit Bea gemietet hatte. Damals. Lange her. Traumhaft, das hatte Bea gesagt in diesem Damals, als sie die Wohnung besichtigt hatten. Die aufgetakelte Maklerin hatte genickt und geraucht. So eine alberne Frau mit auftoupiertem Haar und Zigarettenspitze war das gewesen.

Heute geht Alwin so oft es geht aus dieser Wohnung raus. Raus. Luft. Menschen. Sich vergessen in den Menschenscharen. Alwin liebt die Menschen. Liebt das Leben in der Stadt, wo man so schön untertauchen kann, unter all diesen Menschen. Man kann auch untergehen, stellt er neuerdings fest. Aber er lässt es geschehen. Als Bea gegangen ist, hat Alwin die Wohnung untersucht. Wie die Flutopfer damals, in Ostdeutschland. Die im Schlamm nach ihren Habseligkeiten suchten. So ist Alwin durch seine, ihre Wohnung geklettert. Hat gewühlt. Geschluchzt. Gesucht und geschrien. Ein paar Bilder gefunden. Von ihm und Bea. In glücklichen Zeiten. Das hat ihn noch lauter schreien lassen. So laut, dass die Nachbarn gegen die Wand geklopft haben. So war das jeden Tag gegangen bisher.

Und seit Tagen also nun diese Sonne. Alwin wohnt direkt neben dem Park. Die Wohnung hat keinen Balkon. Alwin liebt es, draußen zu sein. Also geht er raus. Setzt sich in den Park und liest.

Irgendwelche Romane. Mit ganz empörend vielen Seiten. Von skandinavischen Autoren. Und von deutschen. Von allen eigentlich.

Vor ihm auf der Wiese sitzen zwei junge Mädchen. Alwin findet sie dumm. So dumm, dass er sich setzen müsste, säße er nicht längst. Für ihn kommt nur grüner Dampf aus den Mündern der jungen Mädchen. Aber den können sie nicht sehen, den kann niemand sehen. Den sieht nur Alwin. Er hasst alles Grüne. Das sind Jungstudentinnen, denkt sich Alwin, Erstsemester.

Das Mädchen links vor Alwin hat Zähne wie ein Pferd. Es redet laut. Lautes, dummes Zeug. Macht sich wichtig. Eine von denen, die lauter sprechen, wenn sie etwas sagen, das sie besonders witzig finden. Die will nur Aufmerksamkeit, sich groß fühlen. Fühlt sich wahrscheinlich groß. Große Studentin, kommt in die große Stadt und sagt große Sachen. Sind aber keine großen Sachen. Alwin wird fast schlecht von den Sachen, die das Mädchen sagt. Nein, nicht nur fast. Alwin ist schlecht.

Die Zähne des Mädchens stehen hervor und sind unproportional groß. Wenn sie lacht, sieht man vom Rest des Gesichtes nichts mehr. Nur Zähne. Ein runder Hautklumpen mit Zähnen drin. Die Zähne sehen aus wie Klaviertasten. Dazu hat sie so eine neumodische Kurzhaarfrisur. Alwin möchte aufstehen und dem Mädchen in die Zähne treten. Oder in ihren Mund pinkeln. Traut er sich aber nicht, denn er ist ja ein Guter, irgendwo in seinem Inneren. Oder er war es mal. Vor Bea. Mit Bea. Seither vielleicht nicht mehr so sehr.

Das Mädchen ist hässlich, denkt Alwin und das ist noch sehr gnädig ausgedrückt. Das andere Mädchen ist unscheinbar und sieht einfach nur langweilig aus. Hat sich komplett in schwarzen Leinen gekleidet und rutscht beim Lachen nervös mit dem dürren Hintern hin und her. Alwin muss sich beherrschen, ihr nicht in diesen zu treten. Das Mädchen himmelt das Pferdemädchen an. Das kann Alwin sofort sehen. Ist wahrscheinlich wirklich dumm, das Mädchen. Wenn man so ein Pferd gut findet, kann man nur dumm sein. Zwischen den beiden steht eine Tüte Milch und eine Dose Instantpulver für Eiskaffee. Alwin möchte sich übergeben. Fühlt sich beelendet dadurch, dass die beiden Mädchen sich so mondän fühlen mit einer Dose Instantkaffee. Aus bunten Plastikbechern trinken sie den Eiskaffee. Alwin hasst Eiskaffee. Alwin hasst die Mädchen. Um nicht wirklich aufstehen und sie verprügeln zu müssen, vertieft sich Alwin wieder in sein Buch. Das Pferdemädchen lacht aber so laut. Er kann sich nicht konzentrieren. Extrovertiertes Pferd, denkt Alwin.

Er hingegen ist noch nie extrovertiert gewesen. Extrovertiert, das klingt für ihn immer sehr bedrohlich. Extrovertierte Menschen haben schrille Frisuren und merkwürdige Kleidung, die man gemeinhin als "abgefahren" bezeichnet. Alwin hat schon immer nur Haare auf dem Kopf, ein Gesicht und irgendwelche Kleidung am Leib. Extrovertierte

Momente hat es gegeben in Alwins Leben. Und gibt es noch. Immer wieder. Momente allerdings. Nur Momente. Auf Partys. Oder im Stillen, mit Freunden. Meist in Verbindung mit Alkohol. Aber auch nicht mehr so häufig. Der Mensch, das Aas, gewöhnt sich bekanntlich an alles. Auch an den Alkohol. Also gibt es stets und stetig immer weniger Momente in Alwins Leben, die so sind. So extrovertiert. Damit bringt er auch stets etwas Lautes in Verbindung. Menschen, die beim Lachen ihre Sonnenverbrannte Hand an die Brust legen und mit einem erschreckenden Ruck ihren Kopf nach hinten werfen, sodass Alwin immer darauf wartet, dass einer dabei (endlich) stirbt.

Laut. Auch keine Eigenschaft, die man in sein Persönlichkeitsprofil diktieren würde. Alwin ist eher wie ein Brunnen. Tief und niedlich anzusehen und ab und an blubbert und sprudelt er. Aber meist ist er einfach nur da. Mal totenstill, mal mit leisen Wellenbewegungen. Mal mit heftigeren Wellen, wenn irgendein Mensch sein dickes Bein in sein Gewässer stellt, um sich die Füße zu waschen oder sich zu erfrischen. Erfrischend. Das hört Alwin schon öfter. Macht auch den Brunnenvergleich plausibler. Seine Ansichten seien erfrischend. Er sei so erfrischend anders. So erfrischend zynisch und überhaupt. Schenkt man den Menschen in Alwins näherem Umfeld Glaube, so ist er eine verdammte Eismaschine. Aber das stört ihn nicht weiter.

Andere Menschen hingegen stören ihn manchmal. Wenn sie dumm sind. Nichts zu sagen haben, sondern nur plappern. Blöden Kram reden und davon zu allem Übel auch noch überzeugt sind. Oder wenn sie ihre Extrovertiertheit ständig ausleben müssen. Zeigen müssen.

Dieser dämliche Wunsch, anderen Menschen das eigene Leben wie eine riesige Jagdtrophäe um die Ohren zu hauen. Seht alle her: meine Wohnung, mein Pferd, meine Maus. Wenn sie sich gegenseitig in ihre erbärmlichen Unterkünfte schleifen und begeistert in die Hände klatschen, wenn sie sich aalglatter Möbel gegenübersehen, ist Alwin hilflos.

Die einzige Freude, die Alwin gegenüber anderen Menschen hat, ist, für sie zu kochen. Er ist ein Meister im Ausbeulen anderer, wie Bea es genannt hat, wenn sie von seinem Essen, ihrer Meinung nach, zugenommen hat. Alwin liebt es, etwas zu verrühren, zu marinieren und zu braten; zu mixen und zu würzen; zu backen und zu dünsten. Allerdings sollten die Menschen sein Ergebnis dann einfach essen. Und bitteschön den Mund halten. Alwin hasst es, sich dämliche Komplimente über seine Kochkünste anhören zu müssen. Meist von Menschen, die sowieso keine Ahnung davon haben. Bea hatte auch keine Ahnung vom Kochen. In ihrer alten Wohnung hatte sie in den Küchenschränken nur Fertigzeug gehabt. So Zauberpulver. In den Topf. Wasser drauf. Drei Mal in die Hände geklatscht. Bitteschön, ein Ragout erster Klasse. Bea hat Alwins Essen geliebt. Als Bea ausgezogen war, hat Alwin die Töpfe allesamt weggeworfen.

Auf dem Herd sammelt er nun Zeug. Zeitungen. Magazine. Getragene Socken. Manchmal möchte er den Herd auch einfach anschalten und sich schlafen legen. Aber Alwin hat Angst vor dem Feuer. Also lässt er es. Ist ja kein Dummer. Renoviere doch die Wohnung, hatten die Freunde gesagt und ihn so angeschaut. Immer schauen die Menschen, wenn sie Mitleid haben oder Mitleid vortäuschen. Eigentlich täuschen sie das sowieso nur vor. Kein Mensch empfindet wirkliches Mitleid mit einem anderen Menschen. Die denken dann einfach, danke, dass es mir nicht so geht und suchen schnell das Weite. Könnte ja sein, dass die Pechsträhne auch an ihnen kleben bleibt.

Alwins Freunde. Das sind nicht viele. Ein paar. Mit Namen und freundlichen runden Gesichtern. Sie sind alle weg. Im Urlaub. Denn sie haben auch so einen Job, wo sie täglich hingehen müssen. Wofür? Das wissen sie selbst nicht, aber im Zweifelsfall antworten sie: für den Urlaub, für guten Käse, für guten Wein. Dann packen sie rote Koffer aus Hartplastik, man weiß doch nie, wie die am Flughafen mit dem Gepäck umgehen, und dann fliegen sie weg. In eine Ferienanlage. Treffen beim Frühstück - Buffet natürlich - den Nachbarn oder den Chef oder Cher. Lassen sich in Busse verfrachten und schauen sich die Einheimischen an und kaufen Zeug, das sie niemals brauchen werden. Aber man ist ja im Urlaub. Alwin beneidet sie nicht, die Freunde.

Er hat auch daran gedacht, weg zu fahren.

Irgendwohin, wo keine Erinnerung an Bea wohnt. Also ist er in den Zug gestiegen und nach Italien gefahren. Italien ist gut, hatte er gedacht, da ist man lebensfroh und laut und dolce vita. Da ist er dann durch kleine Gässchen marschiert. Tapfer wie ein Zinnsoldat. Hat Nudeln gegessen und Rotwein getrunken. Ist über Plätze stolziert und Boot gefahren. Als er sich dann bereits am zweiten Tag vor Liebeskummer nicht mehr aus dem Bett hatte aufrichten können, da ist ihm klar geworden, dass Erinnerungen sehr reisefreudige Biester sind. Heute denkt Alwin nicht mehr daran, in den Urlaub zu fahren. Oder weg. Die Erinnerungen würden es doch immer wittern und sich in seinem Koffer einnisten, noch bevor die erste Unterhose darin Platz genommen hat.

Auch ans Arbeiten denkt Alwin nicht. Er hat sich krank gemeldet. Das ist er auch. Krank geworden von all dem Unsinn, den der Verlust Beas in sein Leben geschwemmt hatte. Nun ist er bereits seit Wochen nicht mehr im Büro gewesen. Bei seinem Schreibtisch, den er heimlich Horst nennt. Eine große schwere Sache aus Holz. Da war er tagaus, tagein dran gesessen. Stundenlang. Wochenlang. Monatelang. Jahrelang. Hatte Papier beschrieben. Seitenweise. Mit Menschen gesprochen, die auf dem Papier unterschreiben mussten. Was, das wussten weder die Leute noch Alwin selbst. Aber so war das eben. Papier hin- und herschieben. Bearbeiten. Beschreiben. Unterschreiben. Ablegen. Den Horst abwischen. Gehalt.

Das kommt immer noch. Auch ohne Papierzirkus. Alwin weiß nicht, was das alles soll. Das ist sein stetiger Gedanke, Tag für Tag: Was soll das alles?

Die Mädchen vor Alwin in der Wiese sind längst weg, als er wieder aus seinen Gedanken auftaucht. Die Dose mit dem Eiskaffee-Instantpulver haben sie stehen gelassen. Er steht auf und kickt die Dose mit aller Kraft weg.

Alwin geht durch die Stadt. Sieht in die Schaufenster. Gesichtslose Schaufensterpuppen. Wenn nur Bea eine von ihnen werden könnte. Eine gesichtslose Puppe in seinem Kopf. Dann könnte er sie in einen Schrank stellen. Den Schrank könnte er mit Sicherheitsschlössern verriegeln und sie endlich vergessen. Aber sie ist zu lebendig.

Er hält Ausschau nach ihr. Jedes Mal, wenn er durch die Stadt geht. Er kann es nicht mehr steuern. Es ist zum Reflex geworden. Oder eine Neurose. Eine Zwangshandlung allemal. Sobald er aus dem Haus tritt, sind seine Augen auf Radarmodus. Bei jeder Frau, die ihr nur ansatzweise ähnlich sieht, bleibt sein Herz stehen. Er bekommt keine Luft. Hofft, einfach ohnmächtig zu werden, damit das aufhört. Dann drehen sich die Frauen um. Bisher war keine davon Bea.

Sein bester Freund Jörg hat einmal versucht, Alwin mit einer anderen Frau zusammen zu bringen. Sie waren in einer Bar gewesen und hatten Bier getrunken. Dann war aus heiterem Himmel diese Dörte aufgetaucht. Alwin fand sie scheußlich und war so betrunken, dass er sich nur schwer beherrschen konnte, nicht sofort auf ihre Trekkingsandalen zu erbrechen. Dörte, das war eine gesichtslose Schaufensterpuppe. Irgendwelche Haare auf dem Kopf. Augen, Nase und Mund - stinklangweilig. Verziert durch eine rahmenlose Brille war Dörte ein fleischgewordener Albtraum für Alwin. Danach hatte Jörg aufgegeben. Bis heute nie wieder versucht, auch nur von Dörte zu sprechen. Der weiß schon, warum.

Alwin blickt in die Gesichter der Menschen. Sie eilen. Rennen. Kopflos nahezu. Wohin, das wissen sie selbst nicht. Tragen Tüten. Köfferchen. Taschen. Darin haben sie ihr kleines Leben. Das sie schützen und das doch nichts wert ist. Wertloser Kram, der von Kegelausflügen, egozentrischen Chefs und von der Lindenstraße erzählt. Die Menschen rennen und kaufen sich Sachen. Sinnlose Sachen, wie fliegende Wecker und das Kleine Schwarze.

Alwin hasst es, dass die Menschen der Meinung sind, mit dem Kauf eines Kochlöffels könnten sie über ihr kleines Leben hinwegsehen. Was ist man denn schon mit einem Kochlöffel? Wer ist man? Mit einer Wohnung voller Designergeschichten, die einem jeden Abend gleich müde entgegen starren? Alwin hat sich noch nie ein teures Kleidungsstück geleistet. Er hat es immer albern gefunden, etwas am Leibe zu tragen, von dessen Wert er sich einen Monat lang ernähren könnte. Aber auch Ernährung interessiert ihn nicht mehr. Lass dich nicht so gehen, hat seine Mutter ihm gesagt. Gehen lassen, das sieht er nicht so. Er lebt eben. Funktioniert auf minimaler Ebene. Schläft, geht, sitzt, liest, isst, um nicht ohnmächtig zu werden, vergisst das aber manchmal. Seine Mutter ist für ihn ohnehin nie ein wirklicher Ruhepol in seinem Leben gewesen. Oft und auch schon als Kind hat er sich eher um sie kümmern müssen, als dass ihm ihre Fürsorge widerfahren ist. Aber auch dazu fehlt ihm mittlerweile die Kraft.

Alwin geht durch die Stadt und bleibt auf dem Marktplatz stehen. Hier gehen die Menschen noch wirrer durcheinander. Rempeln sich an. Schauen sich an. Schauen aneinander vorbei. Eine Arena für Kleingeister. Alwin betritt den Marktplatz nicht mehr. Lange schon. Als er noch kochen konnte, wollte. Für Bea. Und für die Freunde. Bea ist weg, die Freunde sind weg. Für sich selbst wird er womöglich nie mehr kochen.

Er hat natürlich versucht, wieder auf die Beine zu kommen. Hat sich zu einem neuen Kochkurs angemeldet, als Bea weg war. Da stand er dann, in einem Raum mit Linoleumfußboden und einer dicken Köchin. Die schrie in tiefstem Dialekt. Anweisungen, Tipps und irgendwelchen Mist. Alwin konnte nicht zuhören. Zum ersten Mal in seinem Leben brannte ihm etwas an. Er hatte in den Backofen gesehen und das sterbende Daube de Provence angestarrt. Dann war er kommentarlos aus dem Raum gegangen.

Seitdem hat er kein Kochgerät mehr

angerührt. Er aß Brot. Eine Scheibe Käse. Ein bisschen Ei. Nichts, was nach irgendetwas schmeckte. Das würde er nicht ertragen. Sofort wäre Bea wieder präsent.

Er sieht sich. Wie er noch vor wenigen Monaten Arm in Arm mit Bea über den Marktplatz geschlendert ist. Er hatte immer die Devise, von allem nur das Beste einzukaufen. Jetzt will er gar nichts mehr einkaufen.

Er geht hinüber zur Mauer vor dem Rathaus und lässt sich auf die Stufen fallen. Sein Kopf fällt in seinen Schoß. Und endlich, endlich beginnt Alwin zu weinen. Hemmungslos schluchzt er. Als gäbe es einen Wettbewerb zu gewinnen.

Eine Hand greift nach einer Schulter. Schüttelt ihn. Er kann die Augen nicht öffnen. Weint noch heftiger. Öffnet Sie doch. Und sieht Bea. Was, denkt Alwin. Was, sagt er. Und will von den Stufen aufstehen. Doch plötzlich liegt er. In einem Bett. In seinem Bett. Bea blickt ihn erschrocken an. Er blickt panisch zurück.

„Du hast nur geträumt. Räumen wir jetzt die Küche auf?", sagt Bea.

Der Sohn

„Dazu müsste man allerdings auch sagen, dass du ein unvorstellbar giftiges Unkraut bist."

Die Stirnfalten sind nun kaum noch zu erkennen. Dein Gesicht hat einen milden Ausdruck, wie man ihn selten an dir sieht. Dein Mund ist stumm und die feine Gesichtsbehaarung über deiner Oberlippe bewegt sich leicht im regelmäßigen Rhythmus deines Atems. Es herrscht eine Stille im Raum, die ich kaum ertrage. Und doch kann ich nicht gehen.

Ich sitze seit Stunden hier und sehe dich, schaue deine geschlossenen Lider an und blicke durch sie hindurch. Um dich zu einer Reaktion zu bewegen. Um Bewegung in deinen schlaffen Körper zu bringen, der auf dem Krankenhausbett liegt, als hätte ihn jemand einfach dort liegen lassen. Dabei empfinde ich es als nahezu logisch, dass du hier bist, abhängig von Menschen und Geräten. Würdest du sehen, was mit dir geschehen ist, du wärst außer dir. Stattdessen ruhst du in dir, unfreiwillig, aber nicht minder friedlich.

Ich wollte dich eigentlich nie wieder sehen. Und doch sitze ich seit gestern Abend auf diesem unbequemen Stuhl, und weder die Krankenschwestern noch meine eigene Müdigkeit können mich zum Gehen bewegen. Es ist eine Art Schwerelosigkeit, die in diesem Raum herrscht. Einem Raum, der frei ist von persönlichen Gegenständen.

Auf deinem Nachttisch steht ein Strauß gelber Rosen, der sich unwirklich in die Krankenhaus-Kulisse einfügt.

Ansonsten strotzt das Zimmer vor Sterilität und strahlt eine Kälte aus, die ich von Stunde zu Stunde mehr wahrnehme. Hier hängen nicht Massen von Fotos an der Wand wie in deinem schweren und düsteren Haus. Keine gerahmten Urkunden zeugen von einem Stolz, der nie durch deine eigene Hand entstanden ist.

Von draußen dringt der Lärm der Stadt herein und das beruhigt mich. Dass da pulsierendes Leben vor dem Fenster stattfindet. Der Stadtlärm, den du immer schon verabscheut hast. Der Stadtlärm, der für mich nicht mehr ist als eine sanfte Geräuschkulisse, die mir in jeder Sekunde die Gewissheit vermittelt, nicht alleine auf der Welt zu sein - und vor allem frei zu sein.

Freiheit, das kam bei dir nur in einem Zusammenhang vor: mit viel Disziplin und Arbeit. Und nur Gott weiß, welche Unterstellungen ich dir insgeheim wegen dieser Lebensansicht machte. Es ist schon so lange her, dass ich zu dir aufsah. Heute, und das schon seit geraumer Zeit, blicke ich in einer schmerzhaften Weise auf dich herab.

So wie jetzt im Krankenhaus. Mein Stuhl steht an der Wand, zwei Meter von deinem Bett entfernt. Und dennoch schaue ich auf dich herab. Und dennoch bin ich hier. Ich weiß nicht, warum. Ich fuhr einfach los, als ich die Nachricht bekam. Wahrscheinlich ist das der Ur-Instinkt, der Eltern und Kinder zueinander führt, wenn einer in Gefahr oder Todesnähe gerät. Todesnah siehst du nicht aus. Wie du da liegst, wirkst du lebendiger und frischer als zu deinen besten Zeiten. Es ist merkwürdig, wenn man als Sohn die eigene Mutter so wehr- und schutzlos vor sich liegen sieht. Oder es sollte wenigstens merkwürdig sein. Ich spüre keine Verwunderung.

Ich spüre nur die alten Verwundungen, die du meinem Leben zugefügt hast. Verwundungen, die noch heute pulsieren und jucken. Dann und wann kratze ich daran und verschwinde für eine Weile in einem Sog psychischer Missstände. Wenn ich dann wieder auftauche, ist wieder etwas in mir gestorben.

Dass du jetzt im Sterben liegst, das ist allerdings etwas anderes. Das sollte irgendetwas mit mir machen, ein Gefühl auslösen, eine ganze Flut von Emotionen lostreten. Stattdessen sitze ich hier und fühle mich taub, als stünde ich neben mir und betrachte die Szene wie ein Dritter. Wie ein Zuschauer, der die beiden Darsteller nicht kennt.

Du atmest schwach, nur am leichten Heben und Senken der Bettdecke sieht man, dass noch Leben in dir ist. Wenn auch wenig. Die Maschinen, die um dich herum aufgebaut und mit Schnüren, Röhren und Kabeln mit deinem Körper verbunden wurden, hüllen den Raum in ein monotones Summen, das schon nach drei Minuten des Hörens in den Hintergrund tritt. Das Skurrilste an der ganzen Sache ist, dass alle Macht über den Fortbestand deines Körpers in meiner Hand liegt. Ich wurde hergerufen, um zu entscheiden, ob deine "lebenserhaltenden Maßnahmen" fortgesetzt werden sollen oder nicht. Gott spielen soll ich. Aber selbst das richtet nichts in mir an. Meine Seele hängt in meinem Körper und zuckt kein bisschen. Der Rest meines Körpers und meines Verstandes, in erster Linie also mein Gehirn, scheinen allerdings auch nur so vor sich hin zu existieren, denn längst hätte ich zu einer Entscheidung kommen sollen. Die freundliche Krankenschwester kam schon mehrfach auf weichen Gummisohlen in dem Raum spaziert, um mich jedes mal erwartungsvoll anzusehen. Die wollen meine Entscheidung. Oder sie brauchen dein Zimmer, dachte ich mir. Die wollen deinen Körper von diesem Bett entfernen, damit man einen anderen darauf legen kann, der dann auch schon bald wieder davon herunter geholt werden wird. Ein Kreislauf. Dein Kreislauf hängt von Maschinen ab. Und von meinem Willen. Es ist grotesk, dass das Leben so spielt. Dass ich nun hier sitze und damit konfrontiert bin, Macht über dich zu haben.

Eine Macht, für die ich mich nie entschieden habe. Die du mir aufgedrängt hast, in einem sorgfältig getippten Schrieb, den du in den Untiefen deiner Handtaschen mit dir durch die Welt getragen hast. Stets das auf Kontrolle versessene Wesen, das du bist, hast du womöglich an jeder Ecke deines Universums beruhigt an diesen Zettel gedacht und dich versorgt gefühlt.

Das hat dir sicherlich einiges an Angst genommen. Sonst hättest du ja nicht all diese Reisen in irgendwelche Urwälder und in die Dritte Welt unternommen. Stets alleine, denn mit dir kann man es einfach nicht aushalten. Deine eigene Mutter sagte einst zu mir: "Deine Mutter ist wie Unkraut, einfach unverwüstlich." Ich hätte eher daran gedacht, dass Unkraut immer dort auftaucht, wo es nicht zu gebrauchen ist. In Rosenbeeten oder sorgfältig angelegten Rasenstücken. Das passt, so ganz übertragen gedacht, viel mehr zu deinem Charakter und deiner Persönlichkeit. Dazu müsste man allerdings auch sagen, dass du ein unvorstellbar giftiges Unkraut bist.

Die ersten achtzehn Jahre meines Lebens bist du nicht von meiner Seite gewichen und hast überall dort dein Gift versprüht, wo mein Leben hätte aufblühen können. Auch in den Folgejahren bist du immer im denkbar ungünstigsten Moment aufgetaucht und hast innerhalb von Sekundenbruchteilen aus meinem einigermaßen gepflegten Lebensgarten einen Dschungel des Chaos hinterlassen. Ein Chaos, das nur du überblickt hast und an dem ich schon so oft fast zugrunde gegangen bin.

Dabei hat alles so liebevoll begonnen, in unserem Haus am Ende der Welt. Dieses Dorf, in dem du mich zur Welt gebracht hast, es strotzte vor natürlicher Idylle und Geborgenheit. Dort war eine Umgebung für mich konstruiert, die mich behüten und beschützen sollte. Ich kann nicht leugnen, dass ich es zunächst so empfand. Die ersten Lebensjahre fühlen sich im Rückblick golden und weich an.

Bis zu jenem schicksalhaften Tag, als ich das Klavier auf dem Dachboden der Großeltern entdeckte. Es war doch nur der Spaß eines kleinen Jungen gewesen, den schweren Holzdeckel anzuheben und ein paar Takte darauf zu spielen. Du bist hinter mir gestanden, wo auch sonst, und es muss sichtbar gewesen sein, wie ein Blitz, der in einen Baum einschlägt.

Eine Idee hatte von deinem Verstand Besitz ergriffen, die dich für die nächsten fünfzehn Jahre voll und ganz ausfüllen sollte. Dich und mich. Ohne dass ich eine Wahl gehabt hätte, denn ich war ein braves Kind und du eine wachsame Mutter, die das Klavier kurzerhand in unsere Wohnung schaffen ließ.

Und schon ein paar Tage später musste ich davor sitzen und hatte dich zu meiner Linken und eine knochige Klavierlehrerin zu meiner Rechten sitzen. Ein mal habe ich zu dir gesagt, dass ich das Klavierspielen nicht lernen möchte, woraufhin du nur schallend gelacht hast und mir zu verstehen gabst, dass Klavierspielen das Beste sei, was mir passieren würde und dass ich dankbar sein sollte, die Chance zu erhalten, es zu lernen. Viele Eltern könnten sich das schließlich nicht leisten, ihrem Kind eine musikalische Früherziehung zu bieten. Das waren deine absoluten Totschlagargumente, die du im Laufe der Jahre noch erweitern würdest.

Also spielte ich. Zunächst an einem Tag in der Woche, später dann täglich. Wie benebelt war ich damals und ich spüre noch immer das beklemmende Gefühl meines ersten Lampenfiebers, als du mich dazu brachtest, bei einer großen Veranstaltung vor unzähligen Menschen zu spielen. Die Komplimente, die nach dieser Vorführung auf uns niederprasselten, schienen dich wachsen zu lassen. Von Auftritt zu Auftritt und mit jeder Lobeshymne auf mein Talent wurdest du größer, ich hingegen immer kleiner.

    Von einem Tag auf den nächsten waren die geschützten Jahre im Dorf gezählt. Zumindest für uns. Dir schien es absurd, von einem Dorf am Ende der Welt aus meinen Erfolg zu züchten. Also hast du das ganze Haus in Kisten gepackt und uns in die Stadt verfrachtet. Vater war ohnehin immer auf Geschäftsreise, da konntest du getrost über seinen Kopf hinweg entscheiden. Scheiden lassen wollte er sich dann auch recht bald danach von dir. Er hatte zumindest die Möglichkeit dazu gehabt und sie genutzt. Ich war an den Klavierstuhl gefesselt. Und an dich.

    Ich erinnere mich noch gut an die Szene mit dem großen Starpianisten. Es sollten Werbeaufnahmen von ihm geschossen werden und dazu suchte er in allen Musikschulen unserer neuen Heimatstadt nach jungen Talenten, die gefördert werden sollten. Als du den Aufruf dazu in der Zeitung gesehen hast, schlug wieder so eine Art Blitz in deinem Kopf ein.

    Erst musste ich in jedem Geschäft der Stadt Kleidungsstücke anprobieren und fand mich dann einige Tage später an der Seite jenes Starpianisten an einem Flügel wieder. Ich trug ein enges Shirt, eine hässliche Kette und eine riesige Armbanduhr. Die Leute sollen schließlich sehen, dass wir nicht arm sind, sagtest du.

Wie unwohl ich mich gefühlt habe, das spüre ich noch heute. Die Uhr störte mich beim Spielen und in jedem Spiegel, an dem ich vorbei ging, fiel mir auf, wie dünn ich war und dass mich die ganze Klamotte nur noch dürrer wirken ließ.

Dieses Unwohlsein hing vor meinem Kopf wie eine dicke Wolke, als ich neben dem Starpianisten am Flügel saß. Ich sollte eine Sonate spielen und dabei zu ihm aufschauen, doch ich verspielte mich ununterbrochen. Der Saal, in dem fotografiert wurde, war randvoll mit den stolzen Eltern der anderen Kinder, die ebenfalls mit ihm spielen sollten. Überall rannten Menschen vom Foto-Team herum und zogen an Kabeln, an Scheinwerfern und auch an der Kleidung des Pianisten. Sogar an meinem Shirt befand sich irgendwann eine Stecknadel, um es auf dem Foto besser sitzend zu haben.

Immer wieder scheiterte ich daran, den großen Star anzuschauen und die richtigen Töne zu spielen. Wären es reine Fotoaufnahmen für die Kampagne gewesen, wäre es nicht weiter schlimm gewesen. Aber kurzerhand hatte man beschlossen, auch einen Werbespot zu senden, was deinen Eifer - und den Druck auf mich - ungemein nährte. Was allerdings auch mein Verspielen zu einem essentiellen Problem machte.

Der Starpianist war charmant und ließ sich nicht anmerken, ob er von meinem Scheitern entnervt oder amüsiert war. Deine ungehaltene Wut und deine

Nervosität spürte ich jedoch klar und deutlich, auch wenn ich dich von meinem Platz am Flügel aus nicht sehen konnte.

Immer wieder schrie der Regisseur. Schnitt, Schnitt, Schnitt. Mir standen Schweißperlen auf der Stirn, nein, meine ganze Stirn war feucht und mein Fuß auf dem Pedal zitterte ob der Aufmerksamkeit, die mein Versagen auf sich zog.

Und dann sah ich dich plötzlich. Du warst in die oberen Ränge des Auditoriums geklettert, das als Drehort herhalten musste. Noch immer sehe ich glasklar vor mir, wie du an jenem Tag ausgesehen hast. Dein Haar zu einem strengen Dutt frisiert und in ein biederes Sommerkleid gehüllt, hobst du deine Arme, die mit goldenen Armreifen geschmückt waren. Dein Groll galt zwar mir, doch als scheinbar liebende Mutter wolltest du das damals natürlich nicht zeigen. Stattdessen bekam der Regisseur deinen gesamten Unmut ab.

Ob er mir denn nicht die Noten aufgestellt hätte? Ob er mir denn nicht vorher gesagt hätte, dass ich den Pianisten beim Spielen anschauen sollte? Ob man dich denn nicht früher davon in Kenntnis hätte setzen können, dass jene Sonate zu spielen war?

Die Schamesröte stieg mir ins Gesicht, denn sowohl dein Tonfall als auch dein Gebaren zeigten, dass du alles andere als eine in sich ruhende Mutter warst.

Ich weiß nur noch, dass an jenem Tag der letzte klägliche Rest meiner Liebe zu dir starb.

Mein Erfolg schoss in den folgenden Jahren durch die Decke. An meinem achtzehnten Geburtstag, da bekam ich keine Party, keine Feier, auf der ich endlich Alkohol trinken durfte und mit Freuden abhängen konnte. Freunde hatte ich ohnehin nicht viele. Die paar Jungs aus der Musikschule, allesamt Spießer, ebenfalls geplagt von der Erfolgsbesessenheit ihrer Eltern.

Nein, ich erhielt an meinem achtzehnten Geburtstag einen Manager. Einen Mann Ende vierzig, der meine Auftritte koordinierte und dafür sorgte, dass ich überall dort rechtzeitig erschien, wo du mich eingebucht hattest.

In jenem Jahr meines achtzehnten Geburtstags war meine dritte CD auf den Markt gekommen. Debussy. In jenem Jahr meines achtzehnten Geburtstags waren wir zum vierten Mal innerhalb von zwei Jahren umgezogen. Nicht etwa innerhalb einer Stadt. Nicht etwa innerhalb jener Stadt, die wir nach unserem Wegziehen vom Land zu unserer neuen Heimatstadt auserkoren hatten. Von einer gemeinsamen Entscheidung konnte hier ohnehin nicht die Rede sein. Du hattest alles bestimmt.

Wie du schließlich auch Paris als unsere neue Heimat auserkoren hattest. Ich sprach kein Wort Französisch. Meine Schulausbildung konnte ich mit Ach und Krach noch in Deutschland bewältigen, aber interessanter-weise war dir meine schulische Laufbahn vollkommen gleichgültig.

Für dich zählten stets nur meine Erfolge als Pianist.

Denn mein Erfolg war stets dein Erfolg und mein Erfolg hielt stets nur dich am Leben, während ich in einer ewigen Blase der Taubheit vor mich hin existierte.

Doch eigentlich sehnte ich mich danach, frei zu sein, selbst entscheiden zu dürfen. Natürlich hatte ich in der Zwischenzeit das Klavierspielen lieben gelernt. Es war mein Anker, mein Motor, mein Ventil. Vor allem aber war es auch eine Flucht vor dir, denn wenn ich am Flügel saß, auf Bühnen und in Konzertsälen, warst du stets weit genug weg von mir, so dass ich atmen konnte. Das spürten auch die Kritiker, ohne zu wissen, was zwischen uns, oder besser gesagt in mir vorging.

Schließlich stand ich kurz vor meinem neunzehnten Geburtstag und nahm an einem Abend zu Ehren von Chopin teil. In nur wenigen Monaten in Paris war ich von der Presse zu den "jüngsten flinken Händen Frankreichs" gekürt worden und spielte, als sei der Teufel hinter mir her. Was in gewisser Weise ja auch zutraf.

An jenem Abend spielte ich ein Stück von Chopin, das du für mich ausgesucht hattest: Opus zehn, Etüde zehn.

Und noch während der Applaus aufbrandete und ich mich aus meiner letzten Verbeugung aufgerichtet hatte, spürte ich, dass das Zittern meiner Beine aufgehört hatte, das ich jahrelang als Nebeneffekt deines Terrors mit mir herumgeführt hatte.

Da wusste ich, es war Zeit zu gehen. Also bin ich, statt zurück in meine Garderobe zu gehen, wo du mit einem Glas Wasser und dem obligatorischen schweren Morgenmantel aus Merinowolle wartetest, einfach durch den Hinterausgang auf die Straße gegangen. Zunächst in strammem Fluchtmarsch, dann rasch trabend und schließlich entspannt schlendernd. Bis ich am Gare de l'Est ankam.

Dort ging alles ganz schnell und noch in der selben Nacht war ich wieder in Deutschland angekommen. Vater staunte nicht schlecht, als ich mitten in der Nacht vor seiner Türe stand. Doch er stellte mir keine Fragen, denn er hatte meine Karriere und deine Erfolgssucht in den Medien verfolgt. Und er kannte dich.

Drei Tage lang lag ich in einem kargen Gästezimmer, komatös schlafend. Kaum wach, vor allem geistig nicht. Bis am vierten Tag ein älterer Herr in das Zimmer trat, gefolgt von Vater und seiner neuen Frau. Der Herr stellte sich als Anwalt vor, klärte mich über Dinge auf, die ich nicht verstand, bis er mir schließlich einige Papiere überreichte, die davon kündeten, dass ich nun selbst über meine Konten, meine Urheberrechte, meinen Erfolg und alles andere verfügen könne. Auch ein Kontoauszug war beigefügt, und die Summe, die ich dort ablesen konnte, ließ mich nach Luft ringen.

All die Jahre hattest du mich klein gehalten, hattest dich in die teuersten Designerkleider gehüllt, mir jedoch stets das Gefühl gegeben, mein Erfolg bringe nichts ein.

Da war ich also. Keine neunzehn Jahre alt und

steinreich. Das war der Tag, an dem ich auftauchte. Auftauchte aus dem Sog deiner Macht. Da begann mein Weg von Neuem, doch ich brachte es alles zustande. Vater half mir, die richtigen Leute zu finden, sein Anwalt ist bis heute an meiner Seite.

Nur dein Leben war mit meinem nicht mehr länger verknüpft. Jahrelang noch wachte ich nachts schweißgebadet auf. Albträume verfolgten mich, in denen du mich aus dem Bett jagtest, um zu üben. Den Debussy, den Chopin und den Tiersen. Aber mit der Zeit verblasste das Bild deiner Existenz in meinem Leben. Nie hörte ich von dir. An jenem Abend in Paris, als ich nicht in meine Kabine zurück kam, wirst du gewusst haben, dass das ein unabwendbares Ende war. Auf den Kontoauszügen, die mir der Anwalt damals überreichte, sah ich, dass du dir eine riesige Summe von meinem Konto genommen hattest. Nie habe ich jenes Geld zurückgefordert. Stets hatte ich lediglich meine Ruhe vor dir haben wollen.

    Bis gestern mein Telefon klingelte. Die Ironie des Schicksals hatte mich nach Paris zurückgeführt, dich nach Deutschland. Und so kam ein Anruf aus Berlin, der mich davon in Kenntnis setzte, dass du einen Schlaganfall hattest und bis ich, warum auch immer, hier ankam, warst du bereits hirntot.

    Und so liegst du nun vor mir. Tot und doch lebendig. Sanfter und schöner, als ich dich je gesehen habe. Du bist zwar alt geworden, aber noch immer strahlst du eine Autorität aus, die wohl nur ich wahrnehme. Aber noch immer, auch nach 27 Stunden neben deinem Bett, regt sich kein einziges auch noch so kleines Gefühl in mir. Ich stehe auf und gehe die drei Schritte zu deinem Bett und sehe dich atmen. Meine Hand streicht über das glatte Leinen deiner Bettlaken, ganz nah an deinem Gesicht vorbei. Keine Regung in mir. Kein elektrisiertes Kribbeln in meiner Hand, keine Trauer.

    Also greife ich nach dem Schalter und klingle nach der Schwester.

    Innerhalb einiger Minuten ist es vorbei. Du bist tot. Hirntot und körperlich tot.
Ich habe keine Mutter mehr, das hatte ich in den Jahrzehnten zuvor so oft gesagt, auch wenn es nur eine Optimierung der Tatsachen dargestellt hatte. Aber nun war es Realität geworden.

    Die Sonne brennt sich in meine Netzhaut, als ich das Krankenhaus verlasse. Ich gehe und sehe nicht, wohin. Aber plötzlich spüre ich, dass mein Gesicht kalt wird. Kalt und nass. Ich weine. Ich weine ganze Sturzbäche. Endlich. Endlich eine Regung, eine Erlösung, gepaart mit Scham und Wut. Aber vor allem Tränen der Gewissheit, dass es nun endgültig vorbei ist.

    Ich habe dich geliebt, wie ein Sohn seine Mutter liebt. Aber ebenso sehr habe ich dich gehasst. Was dein Sterben nun mit mir macht, das werde ich sehen.

Blütenstaub

„Vielleicht interessiere ich auch dich nicht mehr."

Ich sehe dich nicht mehr. Wie du neben mir hergehst. Als wären wir in den Jahren unseres Zusammenseins abwesend gewesen. Ich blicke dich an und ich spüre nichts. Mein Herz, ein tauber Gesteinsbrocken, der mit der Zeit Moos angesetzt hat. Dein Gesicht, dein Körper. Überhaupt scheint mir alles an dir so unbeschreiblich und unvorstellbar unsichtbar geworden zu sein. Gestern am Flughafen ging ich um ein Haar an dir vorbei, als ich vor dem Abflug von der Toilette zurückkam. Womöglich sind wir einander zu vertraut. Ich kannte das bisher nur von Wörtern. Wenn ich ein Wort lange und geduldig anstarre, entleert sich dessen Sinn auf mysteriöse Weise und es ist nichts mehr wert. Geht es mir mit dir etwa genauso?

Du sprichst und ich höre deine Worte, doch mir erschließt sich immer seltener, was du mir sagen willst. Und dennoch, ich kam hierher, mit dir. Mit wem sonst. Da ist niemand sonst, der sich für mich interessiert. Vielleicht interessiere ich auch dich nicht mehr, aber wir haben keine andere Wahl.

Du gehst nun vor mir her, um uns herum ein Gewirr fremder Stimmen. Kein Wort ist greifbar für uns. Wir sind Fremde - hier ebenso wie in unserem eigenen Wohnzimmer.

„Er ist nicht zu sehen", sagst du und ich erschrecke ob der Annäherung an meine Gedanken.
Ich sehe nur Menschen, dabei sind wir wegen ihm hier. Wegen ihm, der nun nicht zu sehen ist.

Als wir noch frisch vermählt unsere ersten Reisen unternahmen, hatte ich die unsägliche Angewohnheit, mich in Situationen wie dieser lautstark zu beschweren. Doch irgendwann fügt man sich in sein Schicksal, aalglatt. Jedes Seufzen wäre mir heute zu müßig. Ist er eben nicht zu sehen. Das ist vielleicht auch das, was manche Menschen banalisiert Altersmilde nennen. Das Alter ist allerdings kein zentraler Faktor meines Denkens mehr. Man hört irgendwann einfach auf, darüber nachzudenken, was man wovon hält. Da treten Automatismen in Kraft, da muss man nicht mehr so genau hinhören.

„Die Mama hört schlecht", sagte unser Sohn neulich zu dir und ich wusste plötzlich überhaupt nichts mehr. Das ist doch etwas Schönes, wenn man nach Schlagwörtern filtern kann, ohne sich die abstrusen Geschichten mancher Leute anhören zu müssen. Aber gleich gilt man als schwerhörig.

Die Gruppe Menschen um uns herum klingt nicht mehr so freudig wie zu Beginn unserer Wanderung. In ihren schmalen Augen spiegelt sich ihre Enttäuschung. Wie Blütenstaub, der im Frühjahr auf Fensterscheiben liegt. Ein feiner Schleier, der die

Sicht trübt. Enttäuschung kann sogar blind machen. Vielleicht war auch ich erblindet, als ich dich nach meinen ersten Männergeschichten schließlich geheiratet hatte. Frivole Jugendjahre, davon konnte bei mir keine Rede sein. Die Körperlichkeit, mit der mir Männer entgegentraten, war für mich nie nachvollziehbar gewesen. Ich war in einige üble Geschichten geraten, ehe du meinen Weg kreuztest. Du hast die Scherben aufgesammelt, die die anderen hinterlassen hatten. Heute weißt du das vielleicht gar nicht mehr.

Dicke Wolken hängen über uns und ich friere. „Wie weit ist es noch zur Unterkunft?", frage ich dich und du schaust durch mich durch. Deine Schulterbewegungen skizzieren mittlerweile nur noch etwas an, was einst deine liebste und populärste Geste war. Dafür lieben dich die Menschen, sie werfen dir Entspanntheit vor. Das finde ich hochgradig beleidigend. Entspannt ist doch nur, wer schon tot ist. Aber du, du hast dich immer in diesen Komplimenten gesonnt. Ich solle nicht eifersüchtig sein, hast du mir immer geraten, wenn ich mich darüber ärgerte. Was meintest du wohl damit? Ich weiß es nicht. Ich weiß so wenig - oder weiß ich zu viel, um es noch nutzen zu können?

Die Anreise hierher war für uns beide nicht leicht gewesen, auch wenn du versucht hast, dir nichts anmerken zu lassen. Du warst panisch vor dem Abflug, wegen deines Blutdrucks, deiner Beine. Ich war starr vor Angst.

    Was für ein absurdes Unterfangen, in unserem Alter, dachte ich. Sind wir dem Tod nicht schon nah genug? Eine Reise ist da als beschleunigendes Hilfsmittel völlig absurd! Dennoch habe ich ohne zu zögern zugesagt, war es doch seit Jahrzehnten dein dringlichster Wunsch, hierher zu reisen. Aus dem Fenster im Flugzeug sah die Welt für mich unbedeutend und klumpig aus.

    Ich sehe anders als die meisten Menschen. Ich kann diesen abgedroschenen Vorstellungen von Schönheit nichts abgewinnen, in einem Sonnenuntergang nicht zarte Romantik erkennen, von der alle so sehr befallen sind, sondern nur das Herannahen der Nacht.

„Bald wird es dunkel." Wieder schrammst du an meiner Gedankenwelt entlang und ein Schauer jagt mir über den Rücken. Die Symbole auf den Schildern am Rande unseres Weges tanzen vor meinen Augen, als wir schließlich vor einem flachen Holzgebäude stehen bleiben.

    Seit einigen Tagen hausen wir in jenen Kisten, anders kann ich das gar nicht beschreiben. Aber Schlaf und Komfort, das ist uns egal, da sind wir uns einig, auch wenn selbst Gleichgültigkeit für uns beide eine andere Bedeutung hat. Heute rollen wir uns wieder auf schmalen Matratzen aus und hören beim Einschlafen nur das schiebende Geräusch der Türen in den Zimmern um uns herum.

Man gewöhnt sich schnell an äußere Umstande, man muss es nur zulassen. Daran halte ich fest. Man benötigt lediglich ein Mindestmaß an Regelmäßigkeit. So kann sich das Gemüt auf alles einstellen und es wird einfach. Schlaf allerdings ist ein Gut, das mir nicht so heilig ist wie den vielen Menschen, die dem Tag verfallen sind. Ich mochte schon immer ebenso sehr die Nacht.

Ich kann hier nicht schlafen, etwas in mir ist unruhig. Trotz der langen Wanderung mit ihrem enttäuschenden Ende. Als ich aufstehe und das Fenster zur Seite schiebe, bewegst du dich.
„Siehst du etwas?", murmelst du.
„Ich sehe nichts", sage ich.

Der Morgen ist eine kostbare Sache für dich, selbst hier in der Ferne. Du stemmst dich von der Matratze auf und beginnst mit jenen Übungen, deren Nutzen im Laufe deiner Lebenszeit unwichtig geworden ist. Dein Strecken und Dehnen sind für mich ebenso unsichtbar geworden wie du selbst. Ich weiß aber auch, dass ich aus den Fugen gerate, wenn dieses morgendliche Ritual fehlt. Nur zwei Mal warst du so krank, dass du die Übungen nicht machen konntest und mir war ganz bang, als damals die Morgenstunden, undefiniert ohne dein Turnen, herangebrochen waren. Du bist für mich so etwas wie ein Zahnrad, das kaum auffällt, für die Bewegung meiner Welt aber unabdingbar ist. Ich schiebe die Fenster auf.

„Er ist da!", rufst du hinter mir und greifst nach meiner Hand. Ohne mich von meinem Schreck erholen zu können, werde ich von dir aus dem Zimmer und die schmalen Holzstufen hinunter gezogen. Vorbei an den Menschen, die gestern noch so trüb aussahen. Heute blitzen ihre Augen und sie verbeugen sich freundlich, als du mich hektisch an ihnen vorbei manövrierst. Ich komme noch nicht einmal dazu, dich zum Anhalten zu bewegen, so neu ist mir zumute. Draußen beißt mir die Sonne in die Nase. Du lachst und ich kichere wegen deines Verhaltens. Bin ich verunsichert oder überrascht? In mir bewegt sich etwas.

Wir kommen am Ufer des kleinen Sees zum Stehen, du bist ganz außer Atem. Meine Füße graben sich in das feuchte Gras. Ich lege den Kopf in den Nacken, atme tief ein, sehe hinüber zu ihm, betrachte ihn lächelnd. Sein verschneites Antlitz strahlt eine majestätische Ruhe aus. Mein Herz schlägt kräftig und als ich meinen Blick wieder einfange und zu dir lenke, sehe ich dich. Ich sehe dich. Du stehst neben mir und strahlst aus jeder Pore reines Glück aus. Du siehst den Berg an und hältst meine Hand fest, ganz fest.

Mein Herz ist mein Fenster zu dir. Lange war es vom Blütenstaub blind gewesen. Aber hier, in einem Touristenort am Fuße des Fuji, sehe ich dich nach über 30 Jahren wieder. Ich habe dich vermisst.

Anhang
Anmerkungen

Man liest Geschichten, egal, ob lang oder kurz, und man überlegt unweigerlich: Was hat den Autor dazu inspiriert? Wie viel eigene Erfahrung liegt darin? Was hat er sich dabei gedacht?

In der Schule wird man im Deutschunterricht mit der, zugegeben, doch sehr wirkungsvollen Methode der Textinterpretation gequält. In langen Debatten und handschriftlichen Aufsätzen, die zum Ende hin kaum noch leserlich sind, werden hier Vermutungen angestellt und noch schlimmer: den weltgrößten Autoren werden die absurdesten Absichten und Ideen unterstellt.

Damit mit das mit den „Grasflecken" nicht so leicht passiert, und weil ich es schön finde, finden Sie im Folgenden einige Anmerkungen zu den einzelnen Stories. Meine Inspirationen, meine Gedanken, meine Absichten.

S<small>CHIFFBRUCH MIT</small> U<small>NVERSEHRTEN</small>

Was passiert mit der Liebe, wenn Sie weg ist, die Menschen aber noch beieinander sitzen? So ungefähr geht es den beiden Helden in dieser Erzählung. Inspiriert durch eine Kreuzfahrt im Jahr 2009 versuche ich hier das Schiff als Mikrokosmos zu inszenieren, den der Protagonist „Er" als qualvolles Abbild der Realität versteht und sich gefangen fühlt. Ausbruch und Abbruch der Freiheit wegen, das sind in meinem eigenen Leben wichtige Themen, die ich hier als Lösung vieler Probleme einsetze. „Er" streift seine Grasflecken einfach ab und flieht, was nicht der Königsweg, aber für ihn der beste Weg ist.

Greta

Greta ist die einzige Geschichte, die schon ein paar Jahre auf dem Buckel hat und nicht nochmal überarbeitet wurde. Ich schrieb die Kürzestgeschichte über das soziale Menschenkind im Alter von 16 Jahren. Stolz legte ich sie damals meiner Deutschlehrerin vor. „Oh, schreiben Sie doch lieber etwas schönes!", war ihr Kommentar. Dabei finde ich Greta ganz schön schön!

Herr Stollen

Ich fuhr im vergangenen Sommer eines morgens von Herrenberg nach Stuttgart. Auf dieser Strecke fahren viele Berufspendler und Schüler. Und zwischen all diesen Menschen kam ich gegenüber von einem älteren Herren zum sitzen, der für mich sofort als Charakter einer neuen Story aufgenommen wurde: akribisch zurechtgemacht, Aktentasche auf dem Schoß, wichtiger Gesichtsausdruck. Was, wenn der gar nicht mehr arbeitet und nur so mit der Bahn fährt, habe ich gedacht und mich noch am selben Tag angefangen, zu schreiben.

Grasflecken

Die titelgebende Geschichte entstand, nachdem ich

mit einer Freundin über meine neue Begeisterung für deutsche Reisebusse sprach. Das Horrorszenario, dort auf jemanden zu treffen, ist rein fiktional, könnte aber durchaus so passieren. So tollpatschig die Figur in der Geschichte auch ist, wir würden uns wahrscheinlich alle ähnlich verhalten.

Der Schwan

Diese Geschichte fiel mir ebenfalls während einer S-Bahn-Fahrt in den Schoß. Ursprünglich hieß Sie „Goldberg", da ich durch diesen Ort fuhr und mir sofort die Goldberg-Variationen einfielen. Die Tänzerin drängte sich mir auf, noch ehe ich über eine konkrete Geschichte nachgedacht hatte. Dass die Geschichte letzten Endes einen neuen Titel bekommen hat, hat erzählerische Gründe.

Alwin will nichts mehr

Ich liebe Alwin. Er kam eines Tages zu mir, als ich selbst lesend im Park saß. Da war er plötzlich neben mir. Nicht real, aber als Idee für eine Story. Ist es nicht herrlich, wie gehaltvoll sein Hass ist, der eigentlich aus tiefster Liebe erschaffen wurde? Ich finde, Alwin ist ein richtiger Mensch. Ein Eigenbrötler, der nur einen Deckel zu seinem Top duldet.

Der Sohn

Die Idee zu der Geschichte um den Sohn, der von

seiner Mutter wider Willen zum Erfolg gebracht wird, entstand während ich bei einem ähnlichen Werbeshooting teilnahm, wie dem in der Geschichte. Ein kleiner Junge in merkwürdigen Kleidern war anwesend und seine Mutter füllte den Raum mit ihrer Dominanz. Der Rest zündete in meinem Kopf eine Schreibrakete.

BLÜTENSTAUB
AUF DER SHORT LIST DES ASTROART LITERATURPREISES 2013

Ich habe eine Schwäche für alte Liebespaare. Menschen, die ihr ganzes Leben beieinander blieben, die faszinieren mich. Einerseits, weil ich es persönlich unvorstellbar finde, andererseits, weil ich so manche Verkitschung nicht von mir abwenden kann. Meine beiden Reisenden in dieser Geschichte sind inspiriert von Doris Dörries „Kirschblüten", nur stellte ich mir die Frage: Was, wenn sie beide dort gewesen sind? Zudem stelle ich nicht die Reise in den Mittelpunkt, das Innenleben des Paares finde ich bemerkenswert.

Besonderer Dank geht an:
Verena Krieg, Lisa Wenz, Alter Ego, Pia Zandonella, Katrin Wild, Andreas Stucke.

TIMO PROBST
Tanzen Ohne Zu Sehen
Gedichte
60 Seiten
ISBN 978-3844261035

"Die Gedichte von Timo Probst gehen direkt ins Herz. Gedichte von Schmerz und Freude und der Erkenntnis, dass beides im Leben nahe beieinander liegt."

Timo Probsts Gedichte sind eine Reise in die Seele, eine Reise, auf der sich der Leser immer wieder findet und dennoch in eigenen Gedanken und Emotionen verlieren. Der junge Lyriker und Autor Timo Probst wendet sich in seinen Gedichten den Realitäten des Lebens zu und überzeugt durch eine glasklare, und dennoch metaphorische, Dichtung. Liebe, Trauer, Alter, Angst, Gewalt, Freude und Glück sind dabei die Protagonisten.

"Sehr präzise, sehr emotional. Ließt sich gut und berührt einen auf einer tieferen Ebene." LESERSTIMME

Mehr Informationen erhalten Sie unter www.timoprobst.de
oder in Ihrer Buchhandlung.